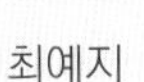

언제나 뻔한 사람. 1989년 전북 전주에서 태어나 단국대학교 문예창작학과를 졸업했다. 2016년 매일신문 신춘문예로 등단했으며 같은 해 현진건문학상을 받았다.

@yeahman_king

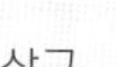

본명 이은지. 두근두근 가슴이 설레는 소년 소녀의 감성을 그리는 일러스트레이터. 1988년 광주에서 태어나 네이버 그라폴리오에 『나의 순결한 행성』을 연재한 뒤 출간했다.

@salgoolulu

애비로드

폴앤니나 소설 시리즈 002

애비로드

최예지 소설집
살구 그림

폴앤니나

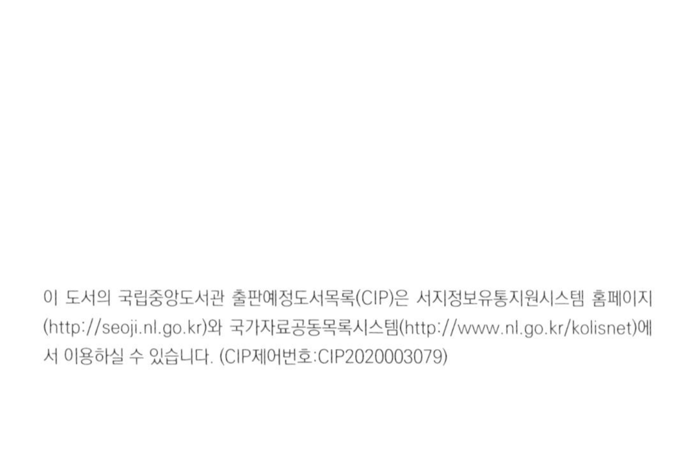

이 도서의 국립중앙도서관 출판예정도서목록(CIP)은 서지정보유통지원시스템 홈페이지(http://seoji.nl.go.kr)와 국가자료공동목록시스템(http://www.nl.go.kr/kolisnet)에서 이용하실 수 있습니다. (CIP제어번호:CIP2020003079)

차례

애비로드

굵고 긴 똥을 싸기 위해서는 모름지기 똥꼬가 아니라 아랫배에 힘을 주어야 한다. 발가락 끝이 속절없이 꼬부라졌다. 간밤에는 상추 한 소쿠리를 혼자 비웠다. 밥도 한말은 먹었다. 입 밖으로 신음이 튀어나왔다. 그러나 방귀만 몇번 뀌다가 뒤를 닦았다. 피가 비쳤다.

"난 니가 똥간에 신방 차린 줄 알었다."

모르는 사람이 들으면 화장실에 애인 숨겨둔 줄 알겠다고 거실에 누워 야구를 보던 아빠가 기어이 한마딜 거들었다. 잔변감 때문에 아랫배가 꿉꿉했다.

"와, 아빠. 거참 쓰레기 같은 농담이네."

"교성이 엔간해야지."

아빠는 심드렁한 표정으로 입고 있던 고무줄 바지 안에 손을 쑥 밀어넣었다. 배를 긁는 건지 아랫배보다 더 아래를 긁는 건지 한동안 바지 속에서 꼼틀대는 손이 바깥으로 나올 줄을 몰랐다. 부엌 바닥엔 아침나절에 차려둔 밥상이 그대로 있다. 내가 화장실에 틀어박혀 있는 동안 아빠는 부엌에 상을 물려두고 그림처럼 누워만 있었던 셈이다.

밥투정을 않는 것만 해도 어딘가 싶기는 했다. 밥그릇이며 찬그릇이 말끔했다. 달포 전쯤인가 하도 이거 해달라 저거 해달라, 얘는 짜고 쟤는 싱겁고 말이 많기에 상을 한번 엎었는데 엎고서는 바닥을 치면서 엉엉 울었는데 그게 아직 효과를 보고 있는 것 같았다. 설거지를 시작하자 아빠는 슬그머니 텔레비전 소리를 낮추더니 화장실엘 들어갔다.

변비는 현대인의 질병인바, 사실 아빠는 현대인과는 거리가 멀었다. 평생 기가 막히게 잘 싸지르며 살았다는 게 인생의 몇 안 되는 자랑거리인 사람이었다. 아니나다를까 설거지를 채 마치기도 전에 물 내려가는 소리가 들렸다. 벌컥 문이 열렸다. 아빠가 자리를 뜨기 전 그 모양 그대로 거실에 드러누웠다. 3초쯤 지나자 집 전체에 똥 냄새가 퍼졌다.

"화장실 문 좀 닫고 다녀!"

"구수하고 좋은데, 왜."

아빠의 똥 냄새는 배내똥처럼 고소한 쌀 냄새도 아니고, 본인이 주장하는 바처럼 구수하지도 않았다. 아빠의 똥 냄새는 맡은 사람의 화를 돋우는 그런 구린내였다.

"같은 걸 먹는데 왜 아빠 똥만 이런 냄새가 나?"

야구를 보던 아빠가 허와 흐 사이의 이상한 콧소리를 내며 웃었다.

"거 변 좀 못 봤다고 야박스럽게 허냐."

뽀득뽀득하게 마르기 시작하는 그릇들을 보자 심사가 더욱 팍팍해졌다. 오만군데에서 똥 냄새가 난다는 건 이 모든 곳에 보이지 않는 똥의 입자가 떠돌아다닌다는 의미였다. 그 미세하고 젖은 똥가루에게 식기나 이부자리 위를 가려가며 내려앉을 깜냥을 기대하긴 도무지 어려울 일이었으므로, 생각은 곧 보슬보슬한 감촉이 좋아 아껴가며 덮는 담요에 냄새가 밸 일에까지 미쳤다. 미칠 것 같았다.

이불 세채를 한꺼번에 들어다 빨랫줄에 널었다. 창고방에 굴러다니던 야구 배트를 찾아서 아빠 손에 쥐여주었다. 중계에 심취해있던 아빠가 나를 멀뚱히 올려다보았다. 이걸로 뭘 어쩌느냐는 얼굴이었다. 야구가 좋지, 재밌지, 묻자 아빠는 암만, 좋지, 했다. 나는 히죽 웃었다.

"오랜만에 타격 훈련하시라고."

"어서?"

"마당서. 이불 좀 털어줘요."

"허이 참, 딸이라고 하나 있는 게."

아빠가 슬리퍼를 직직 끌고 나섰다. 텔레비전 볼륨을 한껏 높여놓은 듯 안타가 어쩌고 삼루가 어쩌고 하는 소리가 방문을 타넘었다. 그래도 안타 덕분에 신이 난 모양으로, 입담 좋은 해설자의 중계에 이불 터는 소리가 제법 성실히 섞여들었다.

창문을 열어젖히면서 진동하는 똥 냄새의 연원을 가늠했다. 어쩌다 이렇게 쓰레기 같은 냄새가 되었을까,에 관하여. 생애의 냄새가 총망라된 선반이 세상에 존재한다면 아빠의 똥 냄새는 단순히 인생의 모든 순간을 망라하는 것만으로는 부족했다. 오랜 기간 어딘가 구석진 데 처박혀 푹푹 썩었어야 가능할 성질의 것이었다. 나는 아빠의 인생을, 아니 아빠의 똥을 썩힌 것이 대체 무엇일지를 생각했다.

아빠의 똥 냄새에 관한 이야기는 아마도 시골집 헛간에서부터 시작해야 할 것이다. 그 시절 촌에 살던 이들이 으레 그랬듯 그는 꼴 베는 소년이었다. 콩 줄기며 껍질이며를 불 땐 솥에 푹푹 삶아 여물을 대고 닭모이에 계란 껍데기를 잘게 바숴 섞고, 그런 것들이 소년 시절 그에게 주어진 일거리였다. 내게 이 이야길 할 때, 잠깐 머뭇거리던 아빠는 그래도 우리 집안이 뼈가 굵은 양반집이니라, 하면서 떠세를 놓았다. 족보를 샀는지 친일을 했는지 당최 알 수 없는 일이었으나 어찌되었든지, 그가 마름집 장남으로서 소를 몰고 다닐 무렵 할머니는 밭일에 열심이었고 할아버지는 읍내에서 소학교 교감을 지냈다.

할아버지는 동네 유지라는 명성에 걸맞게 방석집으로 퇴근하는 날이 더 잦은 인사였다. 나로서는 분내 나는 처녀들 틈바구니에서 점잖이 웃으며 턱수염을 쓸었을 할아버지와 손녀가 들르는 날이면 빳빳한 만원짜리 지폐를 준비해 자개장 깊은 곳에 찔러두는 수줍은 할아버지 사이를 어떻게 화해시켜야 할지 잘 모르겠지만, 아무튼 그랬다. 그래도 할머니에게 할아버지가 하늘 같은 지아비였듯, 그래서 여보나 아범이라 부르질 못하고 평생 나으리, 나으리, 했듯 아빠도 할아버질 아빠라 하진 못했고, 꼬박꼬박 네 아버지, 네 아버지, 했다.

나로서는 이처럼 유순했던 아빠가 그렇게 독한 똥 냄새를 갖게 되었다는 사실이 믿기지 않았다.

어느 날 그는 깨밭을 솎던 할머니 무르팍에 장래희망조사서를 들이밀었다. 여그에 뭐를 적어야 될까요, 묻자 할머니는 이런 건 느이 아버지에게 물어야지, 했다. 할아버지는 그에게 거시기가 되어라 했다. 거시기,라 하고나선.

“사내가 법관을 허야 쓰지 않간.”

장래희망조사서에 법관이라 적던 날, 아빠는 헛간과 영영 결별했다. 그에게 별달리 일으켜야 할 집안이 있다거나 앙심을 품어야 할 누군가가 있는 게 아니었는데도 그랬다. 그가 맡았던 소일거리들은 고스란히 할머니와 고모의 차지가 되고 이제 그를 기다리고 있는 것은 다락의 곰팡내, 책먼지 냄새.

다락방에서 풍기는 공고한 냄새에 대해서는 나도 아는 바가 조금 있다. 겨우내 다락에 넣어둔 이불을 꺼냈을 때,

틈새에 끼인 채로 죽어있던 쥐새끼들과 마당에 빨랫줄을 늘어뜨려 이불을 널던 것과 이불에 켜켜이 묻어있던 묵은 먼지 탓에 눈 밑이 민달팽이처럼 부풀어 올랐던 것과 처마 밑에 오종종 심긴 채송화의 촌스러운 빛깔과 그날 밤 내가 보았던 것을 기억하고 있는 만큼.

거긴 집의 꼭대기면서 웅덩이 같다고 느끼게 하는 데였다. 다락에서 오래되어 잊힌 것들은 한데 고여있다가 시간과 함께 조금씩 허물어졌다. 그건 바스러진다는 느낌에 가까워서, 그곳에서 풍기는 냄새 역시 끈덕지거나 질척하다기보다는 좀더 묵직하고 안온하며 어딘가 산뜻한 데가 있었다. 낡았으나 도무지 남루하진 않은.

아빠는 거기서, 다락에 얹어둔 책상머리에서 거시기가 되느라 육법전서와 함께, 그 집의 대들보와 함께 조금씩 말라붙었다. 그가 거기서 자라는 동안에도 끊임없이 곰팡이는 슬고 달의 배가 부풀고 그는 어느새 시골 소년답잖게 희멀건 낯빛이며 팔뚝이며를 갖게 되었다. 가끔 잠을 이룰 수 없을 만큼 온밤 내내 무릎이 쑤시는 날도 있었는데, 그는 그것이 성장통인지 한자리에 종일토록 앉아만 있어선지 가늠할 수 없었다.

그의 인생이 다시금 전환을 맞이하게 된 것은 까마득하게 햇빛이 쨍했다던 날의 일이었다. 갑작스레 심부름을 갈 일이 생겼다. 그날따라 그를 대신할 할머니도 고모도 읍내엘 가고 없던 터였다. 할머니나 고모가 없는데도 술상을 봐오랬던 걸 보면, 아마 할아버진 동네 사람들에게 그를 자랑할 심사였을성싶다. 아빠는 주둥이가 넘칠 만큼 푸지게 담긴 막걸리 주전자를 들고 동네 어귀의 텃밭으로 갔다.

날은 뜨시고 목은 타는데 술은 걸음마다 넘치니 그가 어쨌겠는지.

아빠가 텃밭 귀퉁이에 접어들 무렵, 할아버지와 동네 어른 몇은 이미 자리를 깔고 앉았다. 그가 오는 것을 본 옆집 아지매가 씩 웃으며 할아버지에게 말을 건넸다.

“아, 왜 도마도를 안 보내고.”

“거 도마도는 내가 잊어부렀네.”

농을 치며 웃는 할아버질 보고 그는 안심했다. 첫술이 아니구나, 술이 떨어져서 부른 거로구나, 어르신들이 취했으니 술이 좀 모자라도 괜찮겠구나, 생각했다. 하여 그는 마음을 탁 놓고, 출발할 때보다 한참은 가벼워진 주전자를 주안상 곁에 두었다. 맞은 자리에 앉아있던 아지매가 은근

슬쩍 그의 허리를 만진 것은 그때였다. 장해서였는지 실해서였는지 하여튼 신줏단지 문지르듯 했다.

"공부를 편안히 앉어가지고 해야지, 꼬치 농사 첨 짓는 사람인갑네."

할아버지가 껄껄 웃었다. 아빠는 영문도 모르고 따라서 웃었다.

"아이, 꼬치가 중허지 갸 허리가 중헌가."

훗날 아빠는 내 앞에서, 그게 왜 그리 야릇하면서 웃겼는지 모르겠다고 술회했다. 어쨌거나 그때 그는 아지매 손길에 속절없이 힉, 힉, 웃다가 그대로 정신을 놓았다. 이다음부터 동리엔 교감집 장남한테 간질이 들었다고, 법 공부가 사람을 숱하게 잡는다더니 그 집 아들도 발작이 났다고 소문이 돌았다. 사실은 그냥, 취했을 뿐이었는데.

그는 내게 이다음의 일과 그다음 일 사이에 있던 일에 대해선 한 번도 말해준 적이 없다.

그러니까 어떻게 법관지망생이 미대지망생으로 둔갑을 할 수 있었는가,에 관해서는 말이다. 짐작건대 할아버진 아빠에게 꼬치가 중허지 거시기가 중헌가, 했을 테고 그는 또 속없이 네 아버지, 네 아버지, 했을 테다. 그간 들인 노력이 아까워서라도 항변 한번쯤 해볼법한데도.

어쩌면 이날의 사건이 그에겐 모종의 행운이었는지 몰랐다. 내가 중학교에 막 입학했을 무렵, 나를 데리고 시골집엘 내려가던 아빠는 이렇게 말했다.

“야, 느이 할배가 억시로 뭘 시키거든 기냥 콱 드러누어 뻐려라.”

그럼에도 아빠는 다락과의 작별만은 오래도록 미루었다. 유년 동안 꼬박 익숙해진 거기서, 책상이 있던 그 자리에 그는 이젤을 놓아두고 그림을 그렸다. 그는 적어도 할아버지에게 서울 소재 대학의 합격증을 안겨줄 정도로는 성실했다. 그래서 할아버지도, 분명 물감과 팔레트와 캔버스 따위의 화구들이 육법전서만큼 자랑스럽진 못했을 테지만, 자기의 가문이 예부터 시서화에 능한 선비 집안이었단 데서 아빠의 연원을 찾아 스스로를 위로했다.

그의 작품 중엔 유독 여자 그림이 많았다. 일평생 여자를 그렸다고 해도 좋을 만큼 그렸다. 정물이나 풍경을 주제로 한 소묘는 언제나 억지로, 겨우겨우 한다는 느낌이었다. 형태를 잡고 한숨 몇번, 밑색을 깐 다음에 담배 몇대, 그리고 하루나 이틀쯤 못 본 척 내버려두는 식이었다. 그런 그림을 몇장 완성하고 나선 그간의 원망을 풀듯 여자를 그렸다. 콩테를 써서 흐르듯 그려내는 드로잉이 다수였으나 더러 시간이 여유로울 때는 수채나 유화를 그렸다. 하여간에 언제나 여자를 그렸다. 머리색이나 골격, 이목구비 등 어디를 보나 서양 여자였는데, 그는 그런 것에 항상 지영, 진경, 선영, 형미 따위의 이름을 제목으로 붙였다.

내가 아빠의 그림에 관심을 두기라도 하면 그는 입버릇처럼 이게 아니라고만 말했다. 예쁜데 왜요? 물으면, 이건 당신이 원하던 게 아니라는 대답이 돌아왔다. 한번도 자신의 그림에 만족한 적이 없는 것 같았다. 만족하길 두려워하는 듯도 했다.

아빠는 아마도 살빛 때문에 그림을 그리기 시작했으리라. 볕에 그을린 아지매의 손등이든 영화관 간판에 그려진 헐벗은 여자의 궁둥이든, 논밭과 읍사무소를 가리지 않고 바지런히 다녔을 다방 레지의 매끄러운 허벅지였든, 어쨌든, 아빠는 허다한 살들에 감돌았을 황금과 분홍에 매혹된 듯했다.

“야아, 이 가시내 살빛 봐라. 낯낯허니 복성 같어.”

아빠가 어린 나를 손짓으로 불렀다. 나는 갖고 놀던 마론 인형을 화실 구석에 내팽개치고 그에게 달려갔다. 그는 어린 나에게 들고 있던 책을 보여주었다. 거기에 그려진 다양한 포즈의 여자들에게는 뭐랄까, 바비나 제니로서는 도저히 따라갈 수 없을 것 같은 종류의 풍요로움이 있었다.

"이것을 사람이 물감으로 그린 것이다. 대단치?"

나는 즉각 인형의 세계에 흥미를 잃어버렸다. 대신에 그가 수업엘 들어간 동안 서가를 기웃거리면서 시간을 보냈다. 살갗은 살색이 아니라는 것, 광원의 성질에 따라 저마다의 빛깔을 지니게 된다는 사실을 그곳에 빼곡했던 누드책을 훔쳐보며 알았다. 희고, 살집이 두둑하고 굴곡이 확실한 여자들……. 그녀들의 벗은 몸을 손가락으로 쓰다듬어 내려갈 때 어린 내가 느꼈던, 몸의 중심에서부터 진한 물감이 퍼져나가는 듯했던, 이상야릇한 기분.

그가 도대체 무슨 뜻에서 어린 나에게 누드화집을 보여준 것인지는 모르겠다. 애당초 제 손으로는 미숫가루 하나 못 타 잡숫는 양반이 무슨 재주로 갓난쟁이를 길렀는지, 거기서부터 의문을 가져야하는 것이겠으나.

전해 들은 얘기로야, 아빠는 화실 앞에서 나를 주웠다. 배냇저고리 속엔 아기의 이름 대신 내가 당신의 딸이란 내용의 메모 한장이 있었다. 이틀 밤낮을 고심한 끝에 그는 화실 구석에 단칸방을 만들었다. 아기침대도 제작했다. 그때까지도 나는 이름이 없고 다만 잘 먹는 아기였다. 그는 다시 한나절을 고심해 천지가 요동할 일을 감수하기로 결정을 봤다. 할아버지와 할머니에게 손주의 존재를 알리기로 했던 것이다.

"여직 말씀을 못 디렸는디. 여그가 제 거시기요."

그는 마치 며느릿감을 선보이듯 말하며 강보에 싸인 나를 아랫목으로 들이밀었다. 손주는 사생아였고 아빠는 미혼부였으므로, 장가도 못 가고 홀아비가 되었으므로 할머니는 앓아누웠다. 할아버진 그저 껄껄 웃었다. 일가의 거시기가 장성하여 사내가 되었다는 느낌의 웃음이었으리라고 생각한다. 여러 말 없이 할아버지는 내 이름을 짓고 논 한마지기를 팔아 아빠의 화실을 미술학원으로 바꾸었다.

이후 오랫동안 화구들의 냄새를 맡으며 자랐다. 그곳에서 보았던 색색의 여체들, 거기서 받은 인상 모두를 물감 냄새가 대표하게 된 듯도 했다. 물감 냄새는 떠올리는 것만으로 사람을 달뜨게 하는 데가 있었다. 그럼에도 밝은 노랑이나 빨강 따위가 아니라 회색…… 이라는 느낌이었는데,

화실에 부려둔 사물들을 저물녘 어스름 속에서, 학원에 수강생이 들이닥치기 직전의 고요와 안도 어린 쓸쓸함 속에서, 길게 늘어진 그늘 속에서 바라볼 때 특히 그랬다. 석회, 조개나 굴과 같은 어패류의 껍질, 말라비틀어진 사과, 군데군데 목탄 가루로 얼룩진 석고상, 손끝에서 바스락거리는 과자 봉지, 북어나 오징어와 같은 건어물들. 영원히 침묵할 정물들. 물감 냄새는 회색이다.

아빠는 이제 스포츠 뉴스를 보고 있다. 그냥저냥 함께 앉아 텔레비전에 정신을 팔고 있다가, 저녁 준비를 해야겠단 생각에 자리를 털고 일어났다. 일주일에 한번 정도는 공들인 요리를 해다 바칠 필요가 있었다. 안 그러면 또 무슨 헛소리로 복장을 뒤집을지.

전부터 그는 오징어순대가 먹고 싶다고 노래를 불렀다. 급기야 자기가 바다에서 잡아왔다면서, 오천원쯤 주고 샀을 오징어 세마리를 들고 귀가했다. 만들어놓은 반찬에 타박까지 얹었었다. 그래서 밥상을 엎었다. 절반쯤 충동적인 행동이었다. 후회는 빠르게 찾아들었고 더럭 서러워졌다. 바닥을 치며 통곡을 하는데 아빠는 별 반응이 없었다. 울음은 금세 멎었다. 한동안 곁눈으로 그의 눈치를 살피다가, 그게 도대체 얼마나 손이 많이 가는 음식인 줄 아느냐, 애를 밴 것도 아닌데 대체 왜 그러느냐 따졌다.

“내가 임신을 했는가 안 했는가 니가 어찌 아냐. 입덧할 때 못 먹은 건 평생 한으로 남는 건디.”

“뭐?”

“동생을 하나 놓아줄래도 어디 손발이 맞어야지? 느작머리 없이 지 아부지 식사하는데 상을 엎고.”

한동안 천장을 멀거니 올려다보던 아빠가 거실 바닥에 너부러진 소시지 하나를 손으로 집어 먹었다. 그러더니 깨금발로 엎어진 찬이며 접시를 피해 화장실엘 갔다.

나는 그의 똥 냄새를 맡으며 밥상을 치웠다. 치우면서 접시 몇개가 깨졌다는 사실을 알았다. 불현듯 죄책감에 사로잡혔다. 소시지에 유리 조각이 박혔으면, 하필 아빠가 그걸 삼켰으면 어떻게 하지 싶었다. 어쩌면 그의 내장에 미세한 상처를 내거나, 혈관을 상하게 할지도 몰랐다. 힘이 들어가 팽팽해진 괄약근을 찢어놓기라도 하면? 싸는 게 낙인 사람인데.

화장실에서 나온 그에게 요즘 만나는 사람이 있느냐 물

었다. 만나는 사람이 있어야 동생도 낳아줄 것 아니냐고. 그는 실실 웃으며 이렇게 말했다.

"내가 화장실서 일 보다 닐 낳었다고 했지? 어느 날 저서도 애 놓는 소리가 들릴 것이다."

하도 어이가 없어서 미안하다고 말할 타이밍을 놓쳐 버렸다.

어린 나는 명절날 육전을 부치다 말고 엄마가 누구인가를 물었다. 동태전을 부치던 할머니는 못 들은 척했고 만두피를 밀던 할아버지는 아빠가 날 주웠다고 답했다. 배냇저고리에 든 쪽지엔 아빠가 아빠라고만 적혀 있었다고. 그러므로 엄마가 누군지는 알 수 없다고 했다. 곁에 누워서 전을 부치는 족족 주워먹던 아빠가, 느닷없이 벌떡 일어나 애한테 쓸데없는 거짓말을 한다면서 성질을 냈다. 왜 애를 헷갈리게 하느냐고.

아무도 아무 말도 하지 않았다. 프라이팬에 두른 기름이 탁 튀었다. 아빠의 바지 무르팍에 둥근 얼룩이 졌다.

"야야, 아부지가 진실을 알려주마."

그는 기세등등하게, 의미심장하게 속삭였다. 그의 주장에 따르면 나는 그의 똥구멍에서 태어났다. 어느 날 하도 똥이 안 나와서 식은땀이 흐르고 입에서 헉, 소리가 절로 나올 만큼 힘을 주었는데, 하늘이 노래지고 딱 죽는구나 싶었는데, 이대로 질 수 없단 생각이 들어 온 동네가 떠나가도록 있는 힘껏 고함을 질렀다고 했다. 학, 합, 하! 그 순간 풍덩 소리와 함께 변기 물에 떨어진 내가 울음을 터뜨렸다.

아빠가 할아버지에게 화내는 것을 본 일은 그날이 처음이자 마지막이어서, 어린 나는 그의 말이 사실이겠거니 했다.

냉동실 문을 열고 꽝꽝 얼어붙은 오징어를 꺼냈다. 양재기에 미지근한 물을 담아 포장째 담갔다. 해동되는 동안 순대 속을 만들면 좋을 것 같았다. 숙주나물과 부추, 당면 따위를 데쳐 잘게 다졌다. 두부 으깬 것에 오징어 다리를 채썬 것, 양념을 넣어 한데 무치고 보니 그럴듯했다. 알알한 것을 좋다 하니 청양고추도 다져 넣었다. 오징어 몸통에 손을 넣고 내장을 꺼냈다. 차고 물컹한 느낌에 소스라쳤다. 오징어 먹물을 순대 속에 섞으면 감칠맛이 돈다 해서 나름대로는 먹물주머니를 터트리지 않으려고 무진 애를 썼다.

찜통을 불에 얹을 즈음이 되자 시장기가 돌았는지 자리에서 일어난 아빠가 부엌을 기웃거렸다.

"뭐여?"

"먹고 싶다며."

"어이구, 나는 새장가갈 때나 먹어보나 했지."

"여자는 있고?"

반가움으로 해바라졌던 그가 얼굴을 금세 찌푸렸다. 남세스럽게 별걸 다 묻는다는 표정이었다.

"아빠도 이제 한물갔어? 주위에 여자가 말랐지? 그치?"

돌연 아빠는 앵돌아진 얼굴로 냉장고 문을 벌컥 열었다.

아직까지도 그림을 그리는 아빠의 옆얼굴이 또렷했다. 그가 그리는 그림만큼이나 흐르듯 떨어지던 아빠의 몸, 아빠의 몸을 이루는 선들을 떠올릴 때마다 물감 냄새가 났다. 혹은 거꾸로, 어디서고 물감 냄새를 맡게 되면 서쪽으로 뚫린 창에서 지는 햇빛이 들이칠 때 진한 파랑을 띠고 음영이 지던 단단한 콧날과 굳게 다문 입, 주름 잡힌 눈가, 완곡하되 고집 있게 벌어진 어깨, 퍼렇게 핏줄이 도드라진, 섬세하고 건강한 팔뚝 같은 것들이 붙박여 정지된 장면처럼 눈앞에 떠올랐다.

기억 속에서 그는 옆모습이나 뒷모습밖엔 갖지 못하고 태어난 사람 같았다. 어느 날이고 늦기 전에, 이제라도, 마

음속에 새겨두어야겠다고 아빠의 앞 얼굴을 빤히 들여다보고 있노라면 저건 화가가 아니라 똥쟁이다,라는 생각밖엔 들지 않았다.

냉수를 한컵 들이켠 아빠가 밥상 앞에 주저앉아 구시렁거렸다.

"눈뜨기 무섭게 사고 치는 거 달래가매 키웠더니……."

"내가 무슨 사고?"

"말르라고 내둔 그림에 범벅을 해놓질 않나, 정물로 쓸라고 사둔 거를 오매가매 훔쳐먹질 않나?"

"애를 화실에서 길렀는데 그럼, 그 정도도 예상 못했단 말야?"

즉각적인 나의 항변에도 불구하고, 아빠는 이게 다가 아니라는 듯 코웃음을 쳤다.

"니 석고상이랑 뽀뽀하든 건 기억이나 허냐?"

까맣게 잊고 있던 일이었다. 말문이 턱 막혀서 짐짓 아무렇지 않은 척, 찜통 뚜껑을 열었다. 얼굴에 뜨거운 김이 훅 끼쳤다. 삽시간에 양 뺨이 홧홧해졌다.

아그리파는 내 첫사랑이었다. 아빠가 내게 소묘를 가르칠 무렵부터, 어린 나는 아그리파를 사랑했다. 그의 곱슬머리와 고집 센 눈매와 뭉툭한 콧날과 굳게 닫힌 입술 모두를. 그를 이루는 선과 면, 질감과 음영 모두를 나는 사랑했다. 아,라고 부드럽게 열리는 발음으로 시작해서 파,하고 부서지며 끝나는 그의 이름조차 좋았다. 짓궂게도 석고상에 낙서하길 즐기는 원생들의 손에서 아그리파를 지켜내기 위해 나는 매일매일 비명을 지르며 울었다.

시간이 흘러 그가 가진 형태의 구체적인 부분까지 한층 깊게 이해할 수 있게 되었다고 생각할 무렵 꿈을 꿨다. 나는 아그리파에게 입을 맞췄고 나직하게 그의 이름을 불렀다. 그가 눈을 떴다. 텅 빈 눈에 연필로 그린 듯한 동공이 생겼다. 천천히 그의 입술이 갈라지고 그 틈으로 혀가 튀어나왔다. 따뜻하고 민활한 혓바닥이 내 입속을 밀고 들어왔다.

잠에서 깨어난 나는 소묘실로 달려갔다. 아그리파는 지난밤 모습 그대로 거기에 있었다. 나는 그에게 입을 맞췄다. 학원 바닥을 비질하다가 내 꼴을 발견한 아빠는 어처구니가 없다는 듯, 할 거면 미끈하니 잘빠진 줄리앙하고나 하지 왜 심통맞게 생긴 아그리파를 붙들고 앉았느냐고 했다. 아그리파의 입술은 축축하게 젖었으나 그에게선 찝찌름하고 텁텁한 맛밖에 나지 않았다. 그때 나는 실망감과 수치심 탓에 얼굴이 빨개져서 아무 말도 못 했지만.

"뽀뽀하면 사람 될 줄 알았다, 왜?"

"허이고야."

생각해봐, 먹기 좋게 자른 오징어순대를 접시로 옮겨 담으며 말했다.

"사내가 애 낳는단 말을 믿으면서 자랐는데 내 안에 과학적 사고가 깃들 틈이 있었겠느냐고."

"그거는 어디꺼지나 역사적 사실인디?"

허. 나는 탄식했다. 알에서 났다 해도 고마울까 말깐데. 똥이라고. 밥상 위에 접시를 던지듯 내려놓고 외쳤다.

"작작 좀 해라, 진짜!"

"벨수가 있냐? 내가 낳은 거시긴 내가 낳은 거시기제."

아빠는 늙은 소처럼 두 눈을 끔벅거렸다. 나는 손을 들어서 화장실이 있는 쪽을 가리켰다.

"그럼, 빨리 화장실 가서 동생 하나 싸."

갓 쪄낸 오징어순대에서 달콤하고 순한 짠내와 함께 알큰한 냄새가 피었다. 언제든 맡으면 배가 고픈 비린내. 그는 나를 쳐다보다가, 순대가 놓인 접시에 시선을 고정하고는 한참 동안 가만히 있었다. 밥솥 뚜껑을 열고 아빠 몫의 밥그릇을 집어들 때 그가 입을 열었다. 결기도 응분도 없이, 숫제 한탄조였다.

“니가 내 딸이냐, 마누라냐? 마누라도 너처럼 앙살을 부리진 않었을 것이다, 너처럼.”

“아, 긍께.”

밥상 위에 흰 김이 올라오는 밥그릇을 탁, 놓았다. 양반다릴 하고 양손을 앞으로 모은 채 구부정하게 앉아있던 아빠가 화들짝 놀라 허리를 곧게 펴고 나를 올려다봤다.

“그 마누라가 대체 누구였느냔 거잖아, 이제 가르쳐줄 때도 됐잖아.”

“아아니, 인마야, 내 말 좀 들어봐라. 니는 애비가 똥꾸녕으로 낳었다고 몇번을 말허냐.”

아빠는 여전히 허리를 곧게 편 채 나를 올려다보고 있다. 나는 엄마가 누구인지를 묻고, 그러면 아빠는 내가 네 엄마다 대답하고, 자라는 동안 규칙이 되어 지긋지긋해진 대화. 우리는 가족이지, 아빠는 홀애비고 나는 사생아야. 엄마는 어디에 있지? 하면, 너는 내가 낳았지,라는 대답이 돌아왔다. 어린 나는 그가 나를 낳았다는 대답을 듣고서야 만족한 채 이부자리 속으로 기어들었다.

"그러면 얼른 가서 하나 더 싸. 일단 싸면 내가 길러줄 테니까."

"애를 싸야 놓냐, 배야 놓지!"

"그니까아, 날 밴 게 누구냐고!"

한동안 우리는 몇미터의 거리를 두고 대치 중인 호랑이와 뱀처럼 서로의 얼굴만 빤히 들여다보았다. 별안간 아빠가 숟가락을 들더니 밥을 퍽, 퍽, 떠먹기 시작했다. 야야, 거기 국 좀 다오, 해서 엉겁결에 국을 퍼줬다. 물을 달라고 해서 물도 주고 김치 달라 해서 김치도 줬다. 오징어순대엔 젓가락 한번 대질 않는 게 분해 자꾸 이럴 거냐고, 왜 말을 안 해주냐고 그를 채근했다.

아빠는 밥술을 들 때처럼 예고도 없이 상을 물렸다. 밥상을 조금 내 쪽으로 밀어놓은 그가 물 몇모금으로 입안을 가셔내더니, 비장한 표정을 했다. 그가 크게 숨을 들이켰다.

"나도 모른다!"

드디어 출생의 비밀이 밝혀지는가, 싶어 마른침을 삼키다 사레가 들었다. 컥컥거리는 내게 아빠가 자기 앞의 컵을 들어 건넸다. 반가량 남은 물 밑바닥에 고춧가루와…… 뭉개진 밥풀 몇알이 가라앉아있었다. 물을 마시지도 않았는데 잔기침이 싹 가셨다.

"봐라, 니 생긴 건 나를 쏙 뺐는데 성깔은 진경일 닮었고, 생생 눈웃음칠 때 보면 이쁜 것이 지영이 갸가 배서 났나 싶고, 맴씨 큼직허니 밥하는 거 보면 또 형민가 선영인가 긴가민가허고, 에이 시벌, 내가 알 게 뭐냐! 닌 내 거시기여! 내 씨여, 내 씨!"

거실에 어색함이 내려앉았다. 아빠는 발가락 사이의 때를 밀고 있다. 저런 사내에게 어디서 여자를 트럭으로 대줬나, 하도 여기저기 싸고 뿌리고 범벅을 하고 다녀서 누구 집 자식인지 모르겠단 소리를 하고 있는 건가. 자식이 어느 소생인지 짐작도 못 할 만큼 많은 여자를 만나고 다녔다는 건가. 별다른 이유도 없이 내 안에 조강지처의 분심 같은 것이 피어올랐다.

할머니는 아빠가 홀아비 신세라는 사실을 믿지 못하는 것만큼 그의 꼬치가 길하며 실한 능력을 타고났다 믿었다. 지금이야 헤매고 다녀도 옛날엔 재주 많고 성실한 만큼 따르던 기집도 많던 애였다고, 어디서고 참한 색시만 하나 구해오면, 그땐 나한테도 엄마가 생기는 거라고 했다. 색시가 생기면 뭘 해요, 그게 엄마는 아니잖아요, 또박또박 말대답하며 그때 나는…… 뭐라고 했지.

그때 할머니의 시름은 한숨만큼 깊었을 테다.

"혈액형 같은 걸로도 찾을 수 있잖아."

"아빤 에이형 아님 안 사깄어. 에이형이 고분고분허니 니랑 달러. 니는 검사를 다시 해야 쓰겄어."

"혹시 말야."

다소간 차분해진 목소리에, 아빠는 실청한 사람처럼 내 입 모양만 쳐다봤다. 나는 아빠에게 나직이 물었다. 내가 아빠 딸이 아닐 그런 가능성은 없어? 어쩌면 우리가 남남인 건 아닐까? 밥상을 붙든 아빠의 손가락이 희어졌다. 엎기만 해봐라, 하는 심사로 내 눈매 역시 사나워졌다. 밥풀 묻은 밥숟가락이 팩, 내 발밑에서 동그라졌다. 낯빛을 시퍼렇게 해 가지고서는 숟가락 하나를 내던지는 선에서 분노가 그치는가 싶더니.

"니는 째깐한 게 어찌 그러냐! 어찌 그래!"

슬리퍼를 꿰어 신고 밖으로 나가버렸다.

"애 안 놓고 어딜 가! 싸러 가? 싸러 가냐고!"

나는 괜히 큰소릴 쳤다. 쾅, 하고 바깥 대문이 닫히는 소리가 들렸다.

그는 성실했다. 학원을 운영하면서, 꾸준히 미술 잡지에 입시 결과를 내고 개인작을 싣고, 제 몫을 하고도 남는 스타 강사를 하나 키워낼 정도로 열심이었다. 가문 논에 비가 오듯이 원생이 들었다가 나갔다. 텅 빈 화실에서도 아빠는 그림을 그렸다. 느닷없이 적막해진 학원에서도, 매일매일 비질을 하고 물걸레질을 하면서 여느 때보다 많은 여자를 그렸다.

설에는 시골집엘 내려갔다. 한창 사정이 박할 시기였는데도 아빠는 즐거워 보였다. 얼굴에 웃음이 범벅이었다. 그는 내게 외출복을 사 입히는 대신 중학교 교복을 입혔다. 나는 곧바로 항변했다. 아직 새 학기가 시작되지도 않았는데 교복은 무슨 교복인가. 물론 씨알도 먹히지 않았다. 아빠는 읍내 시장에서 과일 한상자를 사고 식당을 겸하는 정육점에 들러 고기를 끊었다. 은행서는 할머니에게 줄 용돈이라며 두툼히 현찰을 뽑았다.

이번 달의 생활을 걱정하는 나와는 달리 아빠의 기분은

변함없이 좋았다. 야야, 니가 벌써 중학교를 가야, 하면서. 동네 풀길로 차를 몰았다. 아빠는 해변을 드라이브하는 연인처럼 차창을 모두 내렸다. 지독한 거름 냄새가 차 안으로 밀려들었다. 코밑을 탁 쏘는 거로도 모자라 쓸데없이 길고 둔중한 여운을 남기는, 똥 냄새. 야야, 고향 냄새다! 아빠는 외쳤고, 이건 고향 냄새가 아니라 똥 냄새야! 내가 투덜거렸다.

이튿날 아빠와 나는 만류하는 할머니를 등뒤에 둔 채 다락방 청소를 했다. 거기선 별별 물건이 다 튀어나왔다. 어린 내가 만든 보물지도도 포함되어 있었다. 헐거워진 마룻바닥 밑에는 깨진 유리구슬과 칠이 벗겨진 머리핀 장식 따위가 있었다. 어느 날 쥐도 새도 모르게 사라지는 바람에 난리를 겪었던 아빠의 자동차 열쇠도 거기 있었다. 철마다 시골집을 방문하면 비틀린 마루 밑에 넣어두었던 물건들, 더러는 잃어버렸다고 생각했던 것 모두가 거기서 발견됐다.

아빠는 나더러 하는 짓도 그렇거니와 숨겨두고 까맣게 잊어버리는 게 꼭 까마귀 같다며 놀렸으나, 사실 나는 잊지 않고 있었다. 잊힐 때까지 잊지 않고 있다가 잊은 다음에야 발견하려던 것을 눈치 없는 아빠가 헤집어놓았을 뿐이다.

내가 마루 밑에 감춘 잡동사니 이외에도 다리가 부러진 이젤, 쓰다만 물감과 쥐가 귀퉁이를 갉아먹은 캔버스 몇개, 나달나달해진 법전, 망가진 전축, 다섯상자나 되는 엘피판 따위가 발견되었다. 물건들은 뒤늦은 심문이라도 받듯 햇빛 푸진 마당 가운데로 끌려 나왔다. 버릴 것과 다시 보관할 것들이 마당 양편에 쌓여 처분을 기다리고 있었다. 그 가운데서 심드렁히 이불을 들춰 널던 내가 비명을 질렀다. 잠들어있던 닭 몇마리가 비명에 놀라 홰를 쳤다.

틈바구니에 새끼 쥐들이 알이라도 깨고 난 것처럼 오종종히 죽어있었다. 쥐들은 물건의 처분에 앞서 꽃밭에 묻혔다. 캔버스에 젯소를 바를 때 쓰는 커다란 막붓을 들고 쥐가 살던 이불을 털었다. 버릴 것들을 한데 모은 자리에 불을 붙이고 있자니까, 두 눈두덩이 소박맞아 며칠 밤을 눈물로 지새운 색시처럼 부었다. 무섭게 솟는 연기에 눈이 맵구나 싶어 문지른 게 화근이었다. 할아버지 손을 부여잡고 읍내에 있는 약국엘 다녀왔다. 할아버지보다 앞서 걷던 내가 시골집 대문을 열자 다락 청소는 모두 끝난 뒤였고 온 집안이 괴이쩍을 만큼 고요했다.

할머니는 안방에, 아빠는 거실에 딸린 곁방에 드러누워

있었다. 기척만으로도 두 사람이 자는 게 아니라는 것을 알 수 있었으나, 둘 사이에 무슨 일이 있었는지는 파악하기 힘들었다. 안쪽의 기색을 살핀 할아버지가 헛기침을 몇번 하고는 뒷짐을 진 채 바깥으로 나갔다. 나는 눈치껏 거실을 맴돌며 놀았다. 슬그머니 일어난 아빠는 혼자서 소주 두어 병을 비웠다.

"야야, 내 말 좀 들어봐라."

그는 맞은편에 나를 앉히고도 자작을 멈추지 않았다. 술동무로 나를 택한 것 같았고 안주 삼아 푸념을 늘어놓고 있는 듯했다. 그는 여태껏 살면서 한번도, 이거다, 싶은 게 없었다고 했다. 바로 이것이다, 이것이다, 할 만한 순간 같은 게 없었다고. 오히려 이게 아니다, 이게 아니다, 하면서 살았노라고. 초조했다고. 근디 나가 핏댕이 같은 니를 봤을 때……, 하고 그는 잠깐 내 얼굴을 들여다봤다.

"그때 한눈에 닌 내 거시기다! 알었다."

그짝꺼정 아부지라는 게 뭔가, 개코도 모르고 생각도 안 헌 것이 이거여, 니가, 니다! 하고 알아뿌렀어, 아빠는 말했다. 내가 나다! 라는 게, 도대체 모를 말이었으나 나는 고개를 끄덕끄덕했다. 참말 싱기한 일이시, 암만. 나는 하늘이 다시 돌라 해도……. 떨어질 것처럼 애매하게 꺾인 고개를 주억대던 아빠가 꺼억, 하고 트림했다. 독한 소주 냄새가 훅 끼쳤다. 황급히 코를 부여잡는 나를 보고 아빠가 씩 웃었다. 그니께, 아닌 게 아인 거지, 알간? 긴 기는 긴 거여, 긴 거. 니랑 내랑 어찌 해부까, 어찌 살까, 혀도 각단지게 맴먹으면 시상 다아, 폴짜대로 되는 거여.

아빠는 잠시 먼 곳의 낯선 이를 보듯이 나를 보았다. 그러고는 중얼거렸다.

"혀도 왜 이리 날마당 사난지 모르겄어."

그때 나는 할머니에게 또박또박 말대답하던 때처럼, 할머니가 어색한 얼굴로 지 아빠랑 다르게 여간내기가 아니라며 고개를 젓던 때처럼, 어린 나는 이렇게 말했다.

"아빠는 홀애비지만 나는 사생아잖아. 누구 팔자가 더 드세겠어."

새벽녘엔가, 누군가 마루를 밟는 소리에 설핏 잠에서 깼다. 창밖이 검었다. 처음에는 꿈인가, 했고 잠이 다 가시지 않은 상태에서 아빠인가, 했다. 퍼뜩 정신이 맑아졌다. 발소리를 죽이고서 계단을 기어올랐다. 층계참 끝에 붙은 다락문이 반쯤 열려 있었다. 아빠는 문을 등지고 주저앉은 채였다. 그의 등은 일정한 리듬 없이 들썩거렸다. 웃는 건가, 우는 건가. 낮 동안 안에 든 것을 다 끄집어내 이제는 텅 비어있을 마루 위에서 아빠는 웃거나 울고 있었다. 외로움에도 절망에도 슬픔에도, 차라리 그것이 아닌 모든 감정에 깃든 냄새를 그날 나는 맡은 것 같았다.

그날 아빠가 감춘 것이 무엇인지 나는 모른다. 그저 시골집에 대하여, 그곳의 다락마루에 대하여 어느새인가 잊힐 때까지 잊지 않기로 마음먹게 되었다. 아빠는 별안간 미술학원을 정리했고 정리한 돈으로 우리가 살 집을 샀고 무슨 시험인가를 봐서 말단 공무원이 되었고 나에게도 입만 열면 그저 공무원이 최고니라, 하게 되었다. 아빠는 더이상 여자를 그리지 않았다. 화집 대신 스포츠 프로를 보고 퇴근 후에는 동료들과 배드민턴을 치고 맥주 한잔 걸치는 것이 인생의 최고 기쁨인 건강맨이 되었다. 외박이라고는 모르는 사람처럼 굴면서 집안일엔 손 하나 까딱 않는 못된 가부장이 되었다.

공과 영의
생존법

현재 도로교통 상황을 공중에서 본다면 점으로 그려진 그림, 혹은 서툴게 그은 스케치 선을 따라 색종이 조각을 오려붙인 모자이크 같을 것이다. 각각의 점들은 한 방향으로 움직이며 가다 서다를 반복하고 있었다. 옆 차선에 앞머릴 붙이면 뒤에 섰던 차가 득달같이 달려들었다. 급기야 차선 사이에 끼어 오도 가도 못하는 처지가 되었다.

나는 내키는 대로 상소릴 지껄였다. 풀페이스 헬멧을 쓴 채였으므로 혼자 듣고 말 뿐인 욕설이었으나 긴장만큼은 해소됐다.

전방 신호가 바뀌자 다소의 유격이 났다. 스쿠터는 자동차보다 초반 가속이 유리했다. 금세 옆 차선의 마티즈를 따라붙었다. 핸들을 밀어서 그대로 빨간색 마티즈와 까만색 에쿠스 사이에 끼어들었다. 뒤선 차가 경적을 울렸다. 그까짓 경차도 차라고 유세를 부리는 건가. 사이드미러를 힐금거리면서 가볍게 브레이크 레버를 쥐었다. 마티즈가 깜짝 놀라 덜컹, 요동쳤다.

앞차에 바짝 붙은 채 좌회전 신호를 받았다. 차체가 바깥으로 밀려나기 시작했다. 섣부른 판단을 후회하기 전에 도로가 먼저 달려들었다. 원심력이 망할 놈의 규칙이라는 것을 나는 운전을 통해 배웠다. 법칙은 최초에 가해진 힘대로, 관성대로 갈 것을 요구하므로 회전반경을 줄이려면 직진 상태에서 감속하거나 과감하다 싶을 만큼 회전축을 기울여야 했다.

이론에서는 오직 구심력만이 실재하는 힘이라는데, 지금 나를 회전축 안쪽에서 잡아당기는 힘은 턱없이 적거나 없는 듯했다. 이대로라면 옆 차선의 승용차 옆구리에 처박힐 것 같았다. 설상가상 앞서가던 에쿠스의 후미에 벌겋게 불이 들어왔다. 오토바이는 보는 곳으로 간다는 말을 끊임없이 되뇌지만 사정은 이론과 달라 여의치 않고, 옆을 의식해 속력을 줄였다간 뒤따르는 마티즈에 치일 게 분명했다.

에쿠스를 치는 것과 마티즈에 치이는 것 중 뭐가 더 물적, 심적 고통이 클 것인지 재빠르게 가늠했다. 에쿠스에 스크래치를 냈다간 한두푼 수준의 합의금으론 턱도 없었다. 그렇다면 치이는 게 백번 낫지. 브레이크를 강하게 쥐었다. 마티즈는 경적을 길게 울렸다. 삽시간에 얼굴이 확확해졌다. 세상에 급한 마음에 실수를 좀 했기로서니 제까짓게 창피를 줄 건 또 뭐란 말인가.

분심은 주차장을 빠져나오면서야 가라앉았다. 본관으로 들어서면서는 일부러 콧노랠 흥얼거렸다. 윗분들께 틀어진 심사를 들켜봐야 득 될 게 없단 생각이 절로 들 만큼 이곳의 일은 일이라기보다 시집살이에 가까웠다. 여자 팀장, 여자 연구원 둘에 남자 연구원 하나. 조선 시대였더라면 하급 관리의 아내로 지냈을법한 인상의 팀장과 부잣집 바깥양반, 대갓집 마나님, 종갓집 맏며느리로 제격일 세명의 연구원들 사이에서 갑의 을의 병의 정, 동리에 자릴 잡고 귀한 분의 수발을 드는 종년의 위치에 내가 있었다.

세 여신의 사이를 갈라놓았다는 황금 사과가 이곳의 여인들 사이를 굴러다닐 때 바깥양반은 과실의 주인을 정해주고 불화를 생산하는 역할이었다. 눈치 빠른 노예라면 이러한 유의 분쟁을 효과적으로 종식할 수 있어야 했다. 전쟁은 신화 속에서나 낭만적이지 나에겐 밥줄이 걸린 문제였고 주인이란 도무지 종년 없인 살 수 없는 법이므로. 서로 다를뿐더러 가끔은 모순되기까지 하는 윗분들의 다양한 요구사항을 만족시키는 일이 나의 주요 업무인 셈이었다.

당기시오, 팻말이 붙은 문을 밀어 열었다. 아직 삶은 내게 충분히 우호적이었다. 졸업을 하고도 벌써 두해째였다. 적어도 이 건물의 어떤 문들이 당기라 할 때 밀어야 쉽게 열린단 걸 알 만큼은 버텨온 것이다.

다발로 된 서류를 정리하던 바깥양반과 눈이 마주쳤다. 그는 혀를 쯧, 찼다.

“차라리 자전거나 차를 사지. 여자한텐 위험하지 않나?”

모르는 소리. 자전거나 차가 아니니까 좋은 거였다. 여자한테 어울리지 않을수록 여자에게 유리하단 데까진 미처 통찰하지 못한 모양이었다. 그를 보고 배시시 웃었다. 좋잖아요, 남자답고, 말하자 바깥양반은 껄껄거렸다. 조심해야 해, 오토바이는 사각에 놓이기 쉽거든, 그는 충고를 아끼지 않았다. 사고가 날 것 같을 땐 재빨리 판단해야지, 여자들이 제일 못하는 부분이 바로 그거야, 했다. 네, 네, 아무려면요, 끄덕이다 오토바이를 타보신 적 있느냐 물었다. 그는 한번도 없다고 했다.

"그런데 어쩜 이렇게 잘 아세요?"

말없이 고개를 주억이던 그가 갑자기 80년대 포스터에 등장하는 백인처럼 과장된 제스처와 함께 아차, 외쳤다.

"공조교님, 이거 이제 편집 시작하면 되는 거지?"

"어, 아니에요, 선생님. 제가 해드릴게요."

그의 얼굴에 만족감이 번졌다. 그래, 정말이지 상황은 나쁘지 않았다. 적어도 난 어떤 경우, 밀라고 되어있는 문을 당겨야만 모든 것이 편안해진다는 사실을 알고 있었다.

바깥양반은 나이에 비해 멀끔하고 잘빠진 인상의 사내였다. 서른 가까운 나이에 이곳에 입학해 학부를 거쳐 박사를 수료하기까지 꼭 10년이 걸렸다고 했다. 그러는 동안에 늦깎이 근로장학생을 지내고 조교가 되고 급기야는 이곳의 연구원이 됐다. 돈은 입학 전에도 벌 만큼 벌어봤다는 모양으로 대학에 들어온 후부터는 다른 방향의 신분 상승을 꾀하고 있는 듯했다. 어디 처장인가의 부름을 받고 납시었다던가. 졸업장만 따고 나면 그의 자릴 알아봐줄 인사가 한 트럭이 넘는다고 했다.

그리하여 날이 갈수록 지엄한 바깥양반께서 부탁해온 것은 제 논문의 편집이었다. 그의 논문은, 교수자와 학습자 사이의 위계가 학업 성취도에 미치는 영향을 다룬 양적 연구서답게, 강의실에 수평적 구조를 도입하기 위한 몇가지 대안을 제시하는 것으로 끝을 맺고 있었다.

이건 사실, 지금 내가 당면한 고민거리와 대단히 상반되는 내용이 아닐 수 없었다. 머릿속은 곧 며칠 뒤에 있을 위원회 식순 문제로 새카매졌다.

회의가 코앞인데 연구원들을 어디에 앉힐지 정하질 못했다. 이곳 연구실의 맏며느리께오서는 의전 문제 같은 건 삿된 일로 치부하고 별달리 관심을 두지 않는 고매한 성품이시니 말석에 모셔도 무방할 것이었다. 원래대로라면 선임연구원 자격으로 와 있는 대갓집 마나님을 팀장님 옆에 앉혀야 하는데 바깥양반은 그걸 모욕이라고 받아들일 게 뻔했다. 마나님은 그보다 어리고, 계집이고, 여기서 일한

지도 얼마 안 됐고, 또 그는 자기가 팀장이랑 제일 친하다고 생각하니까.

"세상에 쉬운 일이 없지?"

인상을 찌푸리고 앉아있는 것을 논문 때문이라고 오해했는지 옆자리의 바깥양반이 말을 걸어왔다.

"어려운 표현이 있어서요."

그가 빙긋 웃었다. 무척 나이스한 웃음이었다.

"읽어보는 건 좋은데, 급한 거라."

"죄송해요. 빨리할게요."

바깥양반은 선선히 고개를 끄덕였다. 나 역시 자세를 고쳐 앉고 일에 매진하는 척했다.

어떻게 해야 하나, 그냥 두 사람을 팀장님 양편에 앉힐까? 머릿속에 회의실 풍경을 그려본다. 이제는 교수님들 자리가 애매했다. 교수야말로 하늘같이 모셔야 마땅한 분들 아닌가. 게다가 자리가 어찌되든 회의 명단을 작성할 때는 빼도 박도 못 하고 바깥양반을 마나님 다음에 적어야 했다. 아니, 난 벌써 그렇게 쳐 넣었다. 하지만 그는 곧 교수가 될 운명이고 내가 붙들어야 할 동아줄인지도 모르는데. 그러나 마나님은 어떡한단 말인가? 마나님의 자존심은?

진짜 세상에 쉬운 일이 하나도 없네.

책상 위에 엎어놓았던 휴대전화가 진동했다. 뜻밖에도 학부 시절 동기에게서 온 문자메시지였다. 소식 들었어? 라고, 이제 얼굴도 가물가물한 이가 내게 묻고 있었다. 무슨 소식? 답장을 보내자 금세 대답이 돌아왔다.

영이 죽었대.

자살이래.

손안에서 휴대전화가 끊임없이 울리는 동안, 얼떨떨한 건 오히려 나였다. 영은 여기서 함께 조교로 일했던 적도 있었다. 시작한 지 얼마 못 가 그만두고 말았지만. 이후에도 우리는 계속 연락을 주고받을 만큼은 친했다. 몇주 전에, 짧은 통화일 뿐이긴 했어도, 이야길 나눴는데 죽다니. 자살이라니? 그녀의 죽음을 다른 사람에게 듣게 되다니?

까마득해진 머리가 불현듯 며칠 전의 감각을 재생해냈다. 은백색 포석이 깔린 캠퍼스 광장을 가로지르다, 앞바퀴가 바닥에 놓여있던 노란 전선을 비껴 밟았다. 그 바람에 차체가 기우뚱했다. 난 로데오 경기장의 소처럼 요동치는 스쿠터 위에서 내팽개쳐지지 않으려고 갖은 용을 다 썼다. 그때 머릿속을 스쳤던 건, 광장을 지나는 학생들이 맞닥뜨리게 될 풍경이었다. 모두의 앞에서 우스운 꼴을 당하게 되겠구나 싶어 아찔해졌다. 겨우 전선 하날 못 보고 지나쳤을 뿐인데.

전화가 한번 더 울렸다.

장례식 오늘부터래.

연이어 올 거냐고 묻는 메시지가 도착했다. 이제 나는 영이 떨어졌구나, 떨어지고 말았구나 생각하고 있다. 관중으로부터, 그들 앞에서, 자신이 아무것이거나 아무것도 아니라는 게 증명되기 전에 스스로 게임을 끝내버렸구나,라는 생각. 어쩌면 다행이라는 생각. 한동안 컴퓨터 화면만 멀거니 쳐다보고 앉았다.

"공조교, 뭐해?"

바깥양반의 목소리에 짜증이 섞였다. 어지간히 급한 모양이었다. 곧장 일거리 앞으로 돌아갈까 생각하다 이내 마음을 고쳐먹었다. 일종의, 달콤한 보복에 대한 기대가 피어올랐다. 영의 장례식이었다. 반차를 쓰고 나갈 충분한 핑계가 됐다. 그에게도 가끔은 나의 소중함을 어필할 필요가 있었다.

"김조교 기억하세요? 제 친구요, 여기에서 일했던."

"그래, 알지, 걔가 왜?"

답하는 바깥양반의 얼굴에 희미한 미소가 어렸다. 그의 입 끝에 걸린, 공범들 사이에서나 보일법한 은근함을 나는 보았다.

"죽었대요. 사고를 당했대요."

그의 얼굴이 대번에 머쓱해졌다. 당황하는 품이 연출이라기엔 좀 과한 듯도 했다.

"반차 내야할 것 같은데요."

바깥양반은 아주 잠깐만 망설였다. 그는 이 부탁을 거절할 수 없다. 왜냐하면 이런 문제에 결벽하기 때문이다. 그는 교육학적 관점에서 고찰한 평등의 문제를 다룬 사람이고 거기에서 이상을 말했고 곧 교수가 될 거고 이 학교는 좁아서 소문이 빠르니까. 내가 여기서 울음을 터뜨리거나 누구에게 이 문제를 털어놓기라도 하면 적어도 며칠 동안 이 사건은 점심 식탁의 반찬 신세를 면치 못하게 될 거였다. 그러는 동안, 어쩌면 몇몇 사람은 단순한 해프닝을 대하는 것 이상으로 언짢은 기분을 느끼게 될 수도 있으니까.

마무리되는 대로 곧장 돌아오겠노라 다짐을 하고 사무실을 빠져나왔다. 약속이 진정임을 보여주기 위해서 지갑과 스쿠터 열쇠만 챙겼다. 그간 몇번이나 단념했던 월차를 이런 식으로 쓰게 될 줄은 몰랐던 터라, 영에겐 미안한 일이지만, 약간의 해방감마저 느꼈다.

트렁크에서 헬멧을 꺼냈다. 차체 옆면에 붙어있는 모델명에 시선이 걸렸다.

영에게 막 비닐을 벗긴 새 스쿠터를 보여주던 날 그녀는 차체에서 키위라는 글자를 읽어내곤 킥킥 웃었다. 뭐야, 왜 웃어? 묻자 그녀는 별다른 말 없이 한참을 휴대전화만 만지작거리더니 내 눈앞에 불쑥, 액정 화면을 들이밀었다.

거기엔 날개가 퇴화해 흔적만 남은 새가 한마리 그려져 있었다. 키위새라는 이름의 그 새는 멸종위기종이라 했다. 그림 속 새는 몸통이 절반쯤 잘려나갔다. 단면엔 짓궂게도 과일 키위의 연초록색 과육이 묘사되어있었다.

"이거 약간 너 같다."

영이 눈을 흘겼다. 새의 꽁지깃처럼 날렵한 눈꼬리가 새침해졌다. 그러나 그녀가 나를 쳐다본 것은 아주 잠깐뿐이었다. 그녀는 그사이 스치고 지나간 어떤 인상을 되잡으려는 사람처럼 금세 고개를 모로 돌렸다. 왼쪽 뺨 위에 촘촘

히 돋은 솜털이 햇빛을 비껴 맞아 희게 빛났다. 솜털 때문에 그녀는 창백하게 질린 키위새 같았다. 속이 시고 겁이 많은. 태어난 지 얼마 되지 않은 개나 소나 새, 그보다 정확히는 식물 같다는 인상을 주는 애. 이 세상에 없는 동물. 영에게서 풍기는 어딘가 가냘파보이는 분위기에는 역시 그 솜털들이 한몫하고 있지 않을까.

영의 몸엔 잔털이 유난한 편이었다. 그걸 싫어하는 것 같진 않았다. 엄밀히 말하자면 제모를 좋아하는 쪽이었을 것이다. 온몸을 면도하고 뜨거운 물을 받은 욕조 속으로 미끄러져 들어갈 때 껍질이 벗겨지듯 물위로 떠오르는 잔털의 군집과 물이 닿은 살갗에 느껴지는 보스스한 느낌이 좋다고 했다. 말하기 어려운 비밀을 털어놓을 때처럼, 나지막하게 속삭이는 그녀의 어조가 꽤 오랫동안 야릇했고 그래서 수일이 지난 어느 날 나 역시 시도해보기에 이르렀던 것이지만, 욕조 속에서 어떤 특별한 감각을 건져내진 못했다.

"저번에 엄마가 고기를 주고 갔는데."

뒷자리에 올라앉은 영이 내 허리에 팔을 두르며 말했다. 그녀가 나를 꽉 안았다. 속절없이 허벅지에 힘이 들어갔다.

"맛있었냐?"

"사람이 말을 할 땐 그냥 좀 들어."

고기를 재울 때 키위를 갈아서 쓰면, 육질이 부드러워진다고 했다. 확실히 영이 혹할 법한 정보였다. 그녀는 오래 씹는 음식을 좋아하지 않았다. 그래서 키위를 사다가 열심히 갈았다. 고기가 부드러워지기까지 얼마나 걸릴지 몰라 인터넷으로 검색을 해보기도 했다. 그러다 무슨 일엔가 열중하게 됐고 시장기를 느낄 때쯤에서야 퍼뜩 부엌에 부려둔 찬거리들이 기억나더라고 했다. 그녀는 주방으로 달려갔다.

"뚜껑을 열었는데, 웬 토사물 같은 게 들어있더라."

"녹은 거야? 아주?"

아깝기도 하고 배가 고프기도 해서 그녀는 반찬통에 밀가루를 부었다. 계란도 까 넣고 소금으로 간을 맞춰 육전을 부쳐 먹었다. 맹한 건지 독한 건지 당최 알 수 없는 애였다. 나는 또 맛이 어떻더냐고 물었다.

"시고 짰어."

그래도 확실히 부드럽긴 했다면서 영은 킬킬거렸다. 예열을 하느라 시동을 켜두었던 키위의 배기음이 예고도 없이 잠잠해졌다. 나는 꽉 잡아, 출발하게, 했다. 그녀는 나를 더 꽉 안았다.

아마 그즈음부터였을 것이다. 그녀는 뭐든지 갈아먹으려 들었다. 주부들 사이에서 스테디한 인기를 구가하고 있는 도깨비방망이나 녹즙기 같은 가전제품이 주방 한편에 쌓였다. 그녀는 람부탄, 파파야, 아보카도처럼 외우기 어려운 이름을 가진 이국의 과일을 구해다가 주스를 만들고 흰 살생선을 갈아 어죽을 끓였다. 정체 모를 재료의 혼합이란 인상을 주는 무언가를 선보이기도 했다.

"좋잖아, 칼로리 소모도 적고."

그녀는 항상 그렇게 말했다. 아무것도 안 하고 살아있으려고만 해도 일정량의 기운이 필요한 건 너무 억울하지 않냐면서.

"소화하는 데만도 꽤 많은 에너지를 소비한다고 하더라."

그녀는 내게 파리지옥이 심긴 화분을 보여주었다. 어느 농원에선가 잎꽂이를 해다가 작은 화분으로 나누어 파는 걸 사왔다고 했다. 어지간히 애지중지한 모양으로 검지만큼 큰 트랩 속이 불그스름했다. 열대에 사는 건 하나같이 강렬하고 넉넉해서 개성이 부족하다고 생각했는데. 파리지옥은 의외로 꽤 척박한 데서 살아가는 식물이라고 했다. 생긴 게 꼭 이빨 달린 보지 같다.

“안에 있는 감각모를 두번 건드리면 닫히는데.”

영은 그 말을 하면서 검지와 중지를 빠르게 까닥였다. 그래서 괜히 얼굴이 붉어졌다.

“사냥감 없이 세번 닫히면 시들어버려.”

“먹는 걸로 장난치면 안 된다는 교훈을 주네.”

날이 갈수록 기묘해지는 그녀의 식습관을 지적한 말이었으나 그녀는 그저 어깨를 으쓱하고 말았다.

“이런 앨 파리지옥이라고 부르다니. 너무하지 않니.”

장례식장의 육개장은 맛있다. 얼마를 내고 앉았든 늘 공짜로 밥을 먹는단 느낌을 주었다. 식어버린 동태전을 육개장 국물에 담가 데우면서 부의금에 대해 생각했다. 봉투에 오만원권 두장을 넣고 이름은 적지 않았다. 나달나달해진 동태전을 입속에 욱여넣었다. 이름 정도는 적어둘걸 그랬나. 얼마의 조의가 가장 적당했을까? 이제 와선 상관없는 일이었다. 그걸 확인해줄 상대는 지금 관 속에 있다.

상차림에 전이며 편육이며 고기반찬도 가리지 않고 오른 걸 보면, 투신은 아니지 싶었다. 꼭 그러란 법이야 없지만 아무래도 정서란 게 있는 거니까. 나는 손목을 긋는 것과 음독 사이에서 고르지 못한 채 갈팡질팡하면서, 밥그릇을 마저 비웠다.

기척도 없이 누군가 앞자리에 와 앉았다. 이목구비며 차림이며를 다 훑기도 전에 모르는 이름이 얼굴을 되찾았다. 나는 아, 너였구나, 말했다.

정말이지 세상사란 알 수 없는 일투성이였다. 매사에 하도 입심이 세서, 영과 둘이 조뻥이라고 부르던 애였는데. 영은 죽어버리고 이 애가 내게 그 사실을 전하다니.

"안 오는 줄 알았더니?"

조뻥의 말에 나는 답장을 할 겨를이 없었노라고 둘러댔다. 놀랐을 것 같긴 했다고, 그녀가 답했다.

"둘이 친했으니깐."

건너편 테이블의 수발을 들던 이가 다가와 새 상을 차려주었다. 말을 붙일 자신이 없어 힐긋 쳐다만 봤을 뿐이지만 영의 자매처럼 보였다. 붉게 부푼 눈매가 닮았다. 상을 봐준 이가 돌아가고도 한참 동안 내게서 별다른 반응이 없자 조뻥은 묵묵히 수저를 들었다.

식사를 마치고 나자 남아있을 구실도, 돌아갈 구실도 없다. 영정이 놓인 쪽을 힐끔 보았다. 퍽 지쳐보이는 중년의 부인이 벽에 등을 기댄 채 공중을 노려보고 있다. 검게 차려입은 상복 끝자락을 세게 틀어쥐고 있었다. 그게 영의 머리채 대신이기라도 한 듯이. 그녀를 다시 건져낼 수만 있다면야, 머리채가 아니라 모가지라도 낚아올리고 싶을지 몰랐다. 부인 곁에서 여자들 몇명이 에고, 에고, 하며 대신 울었다.

국화 다발 앞에서 그녀의 상반은 멍청하게 웃고 있다. 평소에 인생 최대의 망신이라며 소름 끼치게 싫어하던 사진이 자기의 최후를 장식했단 사실을 그녀는 알까. 사진에서 시선을 떼지 못하고 나는 조뻥에게 물었다.

“어떻게 안 거야?”

나는 영정 사진을 가리켰다. 고개를 돌려 뒤를 확인한 조뻥이 아, 하고, 짧게 감탄했다.

“어머님이 연락을 주셨어.”

둘이 그럴 만큼 친했나. 의아함이 표정에 드러났는지 아니면 내가 말을 걸어온 것이 반갑기라도 했는지 조뻥은 묻지도 않은 말을 술술 털어놓았다. 그녀는 반년 전 무슨 증명서를 떼러 학교에 들렀다가, 정문을 나서는 영과 마주쳤다. 각별한 사이였던 것도 아닌데 오랜만이고 보니 반가워서, 또 그건 영 쪽도 마찬가지인 듯해서 잠깐 차를 한잔 마신단 게 그녀가 사는 집에까지 들게 되었다.

"형광등이 깜박거리는데, 걔는 그걸 일부러 내버려둔다는 거야."

이유를 물으니 맹점 이야길 하더라고 했다. 의식해도 느낄 수 없는 걸 자꾸 자각하게 하니까 좋더라고 하면서.

"뭐라고 했더라?"

조뻥은 잠깐 눈살을 찌푸렸다.

"사람 뇌가, 안 보이는 부분을 상상해서 채워넣는대."

그래서 아무것도 안 보이게 될 때마다 영은 명중이라 여겼다. 그녀는 기이할 만큼 들떠있었다. 안 보이는 걸 안 보이는 걸로 봤으니 제대로 본 게 아닐까, 영은 신이 나서 말했다. 조뻥은 불편해졌고 이제 그만 돌아가야겠다는 말을 하고 싶었다. 한참 눈치를 보면서 말을 끊을 순간을 찾고 있는데 영의 어머니가 찾아왔다. 반찬을 주러 들른 길이라고 했다. 어머니는 한참의 실랑이 끝에 기어이 그녀 방의 전구를 갈아넣는 데 성공했다. 그러자 갑작스레 퉁명스러워진 그녀 때문에 조뻥이 중재에 나서게 되었다고.

"근데 너, 그거 알고 있어? 걔가 조교 그만둔 이유."

조뻥은 컵에 든 물을 단숨에 들이마셨다. 이야기에 흥이 오르기라도 한 것처럼.

이유?

"남자 직원 하나가 그렇게 또라이였다며?"

연구실에 또라이가 한둘인가. 성질머리가 대단한 마나님과 바깥양반 사이에서 행여 위신을 잃을까 전전긍긍하는 팀장을 안심시키는 것만도 어지간히 피곤했다. 또 마나님은 조교 월급이 제 주머니에서 나가는 줄로 착각하고 있어 일이 늦되다 싶은 사람을 귀신같이 골라 면박을 줬다. 그녀의 까탈은 졸부에게서 흔히 보이는 어설픔과 까닭 모를 억울함이 섞여 있어서 다소 가여워보이기까지 했다. 그런데 그게 또, 당하는 사람의 입장이 되고 보면 무척 굴욕적이라는 게 문제였다.

바깥양반의 악덕이라고 할 만한 건 뭐가 있을까. 사실 짐작가는 일이 너무 많았다. 개중에서 영이 학을 떼고 싫어할 만한 일은 또 뭐가 있나. 그렇다면 역시, 젊은 처녀에 대한 노골적인 호기심일 확률이 높았다.

그는 단언컨대 개새끼였다.

짧은 치마를 입고 구두를 신고 간 날에, 나는 그의 정체를 깨달았다. 핥듯이 할금거리는 시선 탓에 허벅지가 간지러울 무렵, 그가 나를 창고로 불러 높은 곳에 있는 물건을 꺼내달라고 말했다. 나는 의자를 밟고 올라섰다. 그는 아래에서 나를 쳐다보고 있었다.

내 얼굴이 아니라, 정확히는 스커트 안을 보려고 했다.

"어머, 어머, 선생님."

나는 비틀거리며 그의 어깨에 기대섰다. 얼굴이 시뻘게진 그가 껄껄 웃고.

이후 바깥양반이 점심상에 오른 풋고추를 보면서 야, 고추가 참 실하네, 말하며 은근히 웃으면 나는 어머, 정말 그러네요, 작은 고추는 매워서 싫은데, 답했고 그걸 맛있게 씹어먹었다. 그의 입에서 나긋나긋한 시폰 원피스가 야하다는 말이 나오면 일주일 내내 비슷한 소재의 옷만 골라입고 다녔다. 그는 나의 장래를 위해 꼭 필요한 인사 중 한명이었고 개중 가장 다루기 쉬운 축에 속했다. 상대해주는 만큼 챙김받는단 점에서조차 마나님보다 나았다.

"너한테 늘 미안했대. 대신 당해준 게 한두번이 아니라면서?"

나는 그 앨 위해서 뭘 하려 든 적도 걜 위해 날 희생한 적도 없었으므로 의아했고 더러 놀랐다. 퍼뜩, 언젠가 그녀가 내게 했던 질문이 머릿속을 스치고 지나갔다.

“그 사람이 너를 좋아해서 그러는 게 아니면 어떡해?”

“너야말로 뭔 소리야. 그 사람이 나를 왜 좋아해?”

영은 무슨 말이 하고 싶은 듯했다. 하지만 그녀는 입술만 몇번 달싹이다가 말았다. 나는 짧게 한숨을 쉬었다.

“여기선 교수가 제일 쎄지. 근데 예비교수가 날 편애해. 그럼 내가 쎄냐, 여기 다른 연구원이 쎄냐?”

복사기와 씨름을 하느라 사실, 그녀의 말에 성심성의껏 대꾸할 여력이 별로 없었다. 한참 동안 대답이 돌아오지 않은 다음에야 그녀를 쳐다볼 정신이 났다. 분무기를 들고 선 영은 왜소했다. 보랏빛이 화려한 서양란에 물을 뿌려주다 말고 그녀는 내 쪽을 물끄러미 쳐다보고 있었다. 그대로 그 자리에, 심겨있다는 느낌. 창으로 들이치는 햇빛을 등진 탓인지 그늘진 얼굴에 드리운 표정이 희미했다.

나는 슬그머니 영의 시선을 피했다.

“내가 널 좋아한다고 하면?”

문득 영이 말했고 우리는 한동안 잠잠했다. 나는 투입구에 끼인 복사용지 몇장을 잡아당겨 빼냈다. 열번도 넘게 들여다봤던 복사기 앞면을 열고 토너를 꺼냈다. 그리고는 심드렁히 답했다.

"그건 말도 안 되지."

"내가 여자라서?"

"네가 힘이 없어서. 그러니깐 우리 둘 다 남자가 아니라는 게 문제의 핵심이지."

영은 아무 말도 하지 않았다. 그녀는 우리가 함께 봤던 영화 생각을 하고 있는지 몰랐다. 세시간여에 걸쳐 게이의 일생을 다룬 그 영화를 보고, 나는 사랑 때문에 자지를 포기하다니 엄청나게 멍청한 거 아니냐고 주절거렸다. 영은 내 등짝을 세게 쳤다. 나는 투덜거렸다. 그렇잖아, 없는 자지라도 만들어서 살아남아야 할 판국에.

"내 말은 이게 생존의 문제라는 거야."

혹시 우리가 뉴질랜드로 이민이라도 가면 모를까, 덧붙였다. 거기선 게이 섹스가 합법이고 키위새가 국가의 상징이라니깐, 떠들며 낄낄거리는 동안에도 여전히 그녀는 아무 말도 하지 않았다. 복사기 윗면을 열어 안쪽을 들여다보았다. 이제 끼인 종이 같은 건 아무데도 없었다. 기다란 원

통형의 토너를 복사기 몸체에 밀어넣고 열어둔 커버를 모두 닫았다. 시범 작동 버튼을 눌렀으나 손바닥만 한 기계의 안내창은 여전히 종이가 끼었으니 확인하란 메시지만 송출하고 있었다.

"염병할!"

복사길 퍽 찼다. 그러자 잠깐 사이를 두고 잠잠했던 복사기가 작동하기 시작했다. 대기열에 올랐던 문건을 뒤늦게 뱉어내는 기계를 가리키면서 나는 영을 보고 외쳤다.

"이거 봤어? 이제 된다?"

영은 소금기둥처럼 딱딱해진 얼굴로 가만히 서있었다. 한숨이 나왔다. 달래듯 영에게 말했다.

"그저 친구로 지내다가, 만나서 섹스나 하고, 그 정도가 딱 좋아. 우리한테는."

"너한테 좋은 걸 우리한테 좋다고 말하지 마."

"난 네가 똑똑하다고 생각했는데."

"못 하게 할 거야. 그 사람이랑 자는 거."

바깥양반과 자다니? 나는 그녀의 순진함에 실소했다. 그런 멍청한 짓을 대체 누가 하겠느냐고 묻자 영은 사무실을 나가버렸다. 어느 쪽이건 그녀의 시도는 무참하리만큼 간단하게 불발이 나고 말 거라고, 밟으면 밟는 대로 꺾으면 꺾는 대로 밟히고 꺾일지언정 그녀가 스스로 죽음을 택할 리는 없다고도 생각했다.

"네가 당한 걸 알리려고 총장실까지 찾아갔대."

모교에서까지 이런 일이 있을 줄은 몰랐다고 조뻥은 말했다. 나는 뺨을 몇대 얻어맞은 것 같다.

"너랑 걔 얘길 하니까 이상하다. 우린 별로 안 친했잖아."

감히 나를 피해자로 만들다니.

그와의 관계에서 내가 피해를 본 적은 한번도 없다. 여주인들의 비위를 맞추는 것보다 그와 배를 맞추는 척하는 게 백만배는 간단했다. 그래서 영이 출근하지 않게 되었을 때, 뒤에서 내 목을 휘감고는 이것도 성희롱이냐며 물어오는 바깥양반에게 밸도 없는 사람처럼 웃어보일 수 있었다. 희롱해주신다면 영광이죠, 선생님, 하면서.

영의 퇴직에 대해서야 돌연히 그런 결정을 내릴 수 있다니 세상이 참 만만한 모양인가 보다고 생각했다. 투정이 과한 거 아니냔 식의 얘기도 했었다. 진심이었다. 난 그녀가 도대체 어디까지 결벽할 수 있을지, 언제까지 깔끔하게만 살아남을 수 있을지 궁금했다. 이런 식으로 하다간 그녀는 곧 도태될 거고, 후회해도 돌이킬 수는 없을 거라고.

"네가 착각한 거야."

조뻥은 토끼눈을 해 갖고 나를 쳐다봤다.

"나 개랑 별로 안 친해."

상복 입은 부인이 느닷없는 울음을 터뜨렸다. 부인의 오열은 사이렌 소리처럼 가느다랗고 길었다. 날카롭고 축축한 소리들이 뱃속에 똬리를 틀고 자릴 잡은 듯했다. 세상이 끝난 듯이, 그래서 제대로 울 수조차 없다는 듯이 영의 엄마는 울고 있었다.

조뻥을 내버려둔 채 영안실을 빠져나왔다. 병원 안뜰엔 기울어진 햇빛이 푸지게 들고 있었다. 공기는 여전히 찼다. 이런 날씨가, 어쩌면 해 질 무렵이 사람을 다급하게 만드는 모양인지, 퍼뜩, 사무실이 그리워졌다. 내 자리, 내 책상, 내 일 앞으로 돌아가야겠다고. 키위에 열쇠를 꽂아넣고 시동을 걸었다.

너는 이게 재밌니, 언젠가 영이 물었다. 모르는 사람들이 내키는 대로 죽죽 그어놓은 길 위를 너는 그냥 달리기만 할 뿐인데, 했다. 영에게 되묻고 싶었다. 너는 그게 재밌니,

이탈하는 게, 이탈을 감수하는 게. 포장도 안 된 허공 위를 덜컹거리며 쏘다닐 뿐인 네 인생이. 나는 중심으로, 중심으로 가고 너는 자꾸 바깥으로, 바깥으로 가겠지.

갑자기 영이 내게 말을 건다.

정말로 갈 수 있을 것 같니?

안쪽으로?

도로가 한적해선지 차들이 평소보다 서두르는 것처럼 보였다. 앞서가는 차 한대가 유독 눈에 띄었다. 하는 꼴이 영 심상찮다. 시원스레 가질 못하고 미적거리는 게 초행이거나 초보거나 영락없이 여자다. 아줌마다. 먼지 하나 없이 새하얀 랜드로버, 신차처럼 보이는 외관. 강남 아줌마들 사이에서 불티나게 팔린다는 차종이었다. 남편이 사줬을법한 외제차, 도로 위의 흉기, 말로만 듣던 김여사. 피하는 게 상책이었다. 차선을 바꿔 랜드로버를 앞질렀다.

길이 골목으로 트일 때마다 옆바람이 호됐다. 핸들을 비스듬히 기울인 채로 진행하려니 영락없이 바람에 갇힌 쪽배 꼴이었다. 그사이 바지런히 따라붙은 랜드로버와 나란해졌다. 때마침 정지 신호를 받았고 그래서 아줌마를 근거리에 두고도 안심했던 것이지만, 도무지 일반 상식으로는 이해할 새도 없이, 물광이 화사한 랜드로버가 차선을 밀고 들어와 키위의 앞머리에 바투 붙었다. 뒤늦게 깜박거리기 시작한 방향지시등을 보고 어처구니가 없었고 어, 하는 순간 쿵, 했다.

눈앞이 시었다. 아스팔트 위에 나동그라진 채, 고개만 들어서 키위의 행방을 살폈다. 한참 앞에까지 미끄러져 경계석 부근에 처박혀 있었다. 랜드로버는 차선을 비뚤게 밟고 멈춰 있었는데, 조수석 문짝에 흠집이 났다. 두개골을 대신해 헬멧이 박살났는지 눈앞이 실금으로 어지러웠다. 검게 선팅된 보조석 창문을 똑똑, 두드리자 차창이 빠끔 내려왔다. 안에 든 인간은 눈만 보였는데, 놀랍게도 아줌마가 아니었다.

쌍꺼풀이 진하고 부리부리한 인상의 아저씨.

"지금 뭐 하신 거예요?"

"안 보이는 데서 갑자기 튀어나오고 그러면 안 되지."

저 아저씨는 뭔데 나를 타이르는 건가, 생각하다가 나는 가까스로 입을 열었다.

"됐고요. 경찰 부를 테니까 아저씨는 보험사 부르세요."

순간, 유리창 너머 한쌍의 눈이 슬쩍 휘었다.

기척도 없이 창문이 닫혔다. 랜드로버는 그대로 떠났다. 도로 위에 남은 스키드마크와 고무 타는 냄새가 허상처럼 느껴질 만큼 재빠르게. 근처에 멈춰섰던 차들이 도로 위에 너부러진 플라스틱 조각을 피해 속도를 냈다.

이게 다야? 아까 그 아저씨 날 보고 웃은 거야?

인도에 오르는 걸음이 저절로 절뚝였다. 잔해를 수습하면서 나는, 도망을 가버린 랜드로버에게 공권력의 철퇴를 선사해 인생은 실전임을 보여주는 것과 바깥양반에게 연락을 취하는 것과 직장으로 돌아가는 것과 정비소에 신차 같은 중고였던 키위의 수리 견적을 요청하는 것과 랜드로버의 가격과 차라리 그 아저씨가 도망을 가줘서 다행이란 생각과 병원에 드러누워 보험사에 연락하는 것과…….

이 모든 시시하지 않은 것들이 모두 모여서 한없이 시시한 것으로, 하나의 시시한 농담으로 변했다는 생각.

어디선가 접 붙은 파리의 날갯짓 소리 같은 게 났다. 휴대전화는 반으로 쪼개진 앞 카울 밑에서 발견되었다. 바깥양반이었다. 받기 전에 끊겨버리고 말아, 돌아가는 중이라고 답했다. 정비소에 전화를 걸어 키위를 실어 보냈다. 직접 용달을 몰고 온 사장님은 사망 선고를 내렸지만 난 결단코 포기하지 않겠노라고 했다.

어느새 어둑해진 하늘은 빛이 새는 모니터처럼 멀리 보이는 도심 부근만 희었다.

영의 최후는 보다 고전적이었을 거라고 나는 상상했다. 줄기가 꺾여 뭉개진 꽃처럼 그녀의 손목은 너절해졌으리라. 고통을 줄이기 위해 욕조에 물을 받았을 것이다. 뜨거운 물에 잠겨 숨이 끊긴 몸이 갓 태어난 아이처럼 부풀고 수면 위엔 곧 그녀의 체모들이 동실동실 떠올랐을 것이다. 씻긴 것의 신선함을 간직한 채로, 한참의 시간이 흐른 뒤에 영은 스튜처럼, 어쩌면 그녀가 즐겨 먹던 음료들처럼, 논적논적해졌으리라. 그녀를 토해낸 세상에 다시 녹진해진 채로 스며들어서, 건져낼 수도 없을 만큼, 영은 세상이 소화하기 쉬운 상태가 되어 생을 마감했으리라.

배가 고파졌다.

그녀가 애지중지하던 파리지옥의 아귀들은 지금쯤 모두 닫혔을까. 적어도 세달 동안은 다시 열리지 않을 것이다. 생각이 화분에까지 미치자, 닫힌 트랩의 가시 하나까지 선명해졌다. 보이지 않던 부분이 비로소 메워진 듯했다.

"나는."

나는,이라고 뱉어놓고 한동안 망연했다. 어느 날 뜬금없이 전화를 걸어온 영도 그랬을까. 그녀는 한참 동안 나는, 나는…… 그렇게만 중얼거렸다.

"나는 너처럼은 못 살겠어."

"미안한데, 그건 나도 마찬가지야."

종일 진창에 부리를 처박고 뒤뚱거리는 일과 짧은 발로 적을 차서 위협하는 것밖엔 할 수 있는 게 없는 그런 동물이 되고 싶진 않았다. 기실 그 새가 느리게 멸종을 맞도록 진화한 것은 먹이가 풍부하고 별다른 천적이 없는 자생지 탓이고 그런 주제에 아직까지 끈질기게 생존할 수 있었던 것 역시 그들의 환경이 안락한 때문이었다.

"난 그런 애가 아냐."

영은 힘주어 말했다. 나는 그녀에게 되물었다. 그렇지만 그게 너를 둘러싸고 있는 진실이 아니겠냐고. 그녀는 말없이 전화를 끊었다. 마지막 통화였다.

그녀는 나처럼 살았어야 했다.

어쩌면 영의 죽음이 내게 새로운 기회를 제공할 수 있을지도 모르겠다. 그간 들인 노력의 성과라고는 연구실을 지키는 서슬 퍼런 웃어른들이 나 없이는 복사 한장 제대로 못하는, 의존적인 인간으로 자라나도록 내버려둔 것밖엔 없었다. 이곳에서 살아남기 위해선 손끝이 여물고 바지런하다는 인상만으론 부족했다. 드문드문 피가 배어나오는 생채기들을 처치하지 않고 오길 잘했다. 청바지에 난 구멍에 손가락을 넣어 찢었다. 절반쯤 갈려 내장재가 드러난 헬멧의 오른뺨 부분이 잘 보이도록 옆구리 사이에 끼웠다. 당기라 되어있는 문을 슥, 밀어 열었다.

영이 죽어서 슬펐다. 그녀는 내게 마음을 나눈 유일한, 어쩌면 앞으로도 영원할 친구였다. 그런 상대를 잃은 슬픔을 주체하지 못하고 사고를 당했다. 그럼에도 불구하고 주어진 일의 마무리를 위해 직장에 돌아왔다. 좀처럼 친구의 죽음과, 잇따른 사고에 대해서는 입을 열지 않을 것이다. 다만 때때로 엇비친 슬픔이 오늘의 일을 대변할 것이다. 그건 한동안 내게 위엄을 부여해, 위원회 식순이나 미처 고치지 못한 논문의 오탈자 따위는 아무런 문제도 만들지 못할 것이다.

드라이브,
드라이브

내가 없을 때 너는 무엇을 할까? 내가 없을 때 너는 나처럼 생각하지 않을 것이다. 내가 널 생각할 때 너는 그처럼은 있지 않을 것이다. 이제 나는 여러 사람이 된 것 같다.

"언니, 자전거가 없어졌어."

그래? 어스름히 몰려오던 잠 끝에 덧붙이듯 물었다. 반쯤 뜬 눈으로 동생의 얼굴을 올려다본다. 머리맡에 선 아이의 얼굴이 창백하다. 잠을 자는 줄 알았더니. 어쩐지 너무 얌전하더라니. 미동도 없이 누운 채 혼곤함이 가시길 기다리는 동안, 나는 너를 떠올렸다. 네가 잃어버려야 했던 것들과 그것들을 잃어보냈을 너를 생각했다. 머릿속이 부쩍 수선해졌다.

"자전거가 없어, 언니."

몸을 일으켜 동생의 이마에 돋아난 땀을 훔쳐주기까지 나는 아주 느리게 움직였다. 겨우겨우 맞이한 금요일 저녁이었고 무언가를 찾아 헤매기엔 밤이 너무 깊었고 피로는 육중했다. 그래서 이대로 죽어버렸으면, 죽은듯 잠을 잤으면 싶었다. 억지로 몸을 일으킨 건 오로지 동생의 목소리 때문이었다. 동생에겐 잃어버린 자전거보다 확신이 더 필요해보였다. 혼자서 몇바퀴나 동네를 돌았다고 했다. 그러고도 좀처럼 의심을 지울 길이 없었던 것이다.

동생의 손은 축축하고 보드랍다. 이제 막 부풀어오르기 시작하는 흙 같다. 푹 삶아서 물기를 짜낸 행주인 것도 같았다. 이 애와 손을 마주잡을 때마다 어딘가 아슬아슬하단 생각을 버릴 수 없었다. 또래보다 서둘러 자라는 애였음에도 여전히 매사 서툴렀고, 아직 견고하지 못한 구석이 남아 있었다. 그래서 막연히 추워지곤 했다.

우리는 먼저 자전거를 세워두었던 곳부터 살펴보았다. 당연하게도 그곳에 자전거는 없었다. 그다음에는 옆 건물, 그리고 다음 건물로 옮겨가는 식으로 찾기를 반복했다. 동생이 다니는 초등학교를 거쳐 근처의 작은 공원과 지하철역사 앞의 주차장까지 확인을 마쳤을 때야, 동생은 입을 열었다.

"아까 다 찾아봤어."

동생의 코끝이며 볼이 전구처럼 붉었다. 동네 외곽의 개천까지 걷는 동안 우리는 아무 말도 하지 않았다. 개천을 따라 난 길을 걷는 동안에도, 다리 밑마다 멈춰서서 서로의 얼굴을 들여다볼 뿐이었다. 있어야 할 자전거가 없으니 눈 둘 곳도 없는 탓이었다. 여기도 찾아봤어? 묻자 동생은 고개를 끄덕거렸다. 내가 놀란 표정을 짓자 희미하게 웃었다. 자랑스러움이 묻어나는 웃음이었다.

이제 우리는 자전거를 찾기보다 동생이 아직 가보지 않은 장소를 찾아다니는 데 열중했다. 내가 여기도? 하고 물으면 이 애는 고개를 끄덕이거나 가로저었다. 그때마다 우리는 배꼽을 부여잡고 깔깔거리기도 하고, 서로의 어깨와 등을 툭툭 치기도 했다. 밤이 깊게 내려앉은 거리가 어색해

실없는 농담을 주고받았다.

"이제 집에 가자."

번갈아 하품이 났다. 동생은 내 손을 한번 꼭 쥐었다가 놓았다. 과장되게 눈을 부비는 품에 어리광이 섞여 있었다.

돌아오는 길에는 택시를 잡아탔다. 골목을 헤매고 다닐 때는 몰랐던 피로가 어깨를 내리눌렀다. 아주 먼 곳에 버려진 듯한 기분이었다. 우리는 앞다투어 집 안으로 들이닥쳤다. 현관에서부터 외투며 양말을 벗어던진 동생이 화장실로 쏙 들어갔다. 문가에 기대고 서서 발을 씻는 그 애를 나는 가만히 지켜보았다.

"앞으로는 혼자서 돌아다니고 그러지 마."

동생이 짧게, 응, 하고 대답했다. 저 애는 몰랐으면 싶은 감정들이 있었는데.

"우리, 내일 다시 한번 찾아볼까?"

아이의 등은 조용하다.

너의 둥근 등. 거기에는 내가 모르는 너의 모습이 있다.

너는 자전거를 타고 나를 만나러 오곤 했다. 우리가 가깝지도, 멀지도 않은 거리에서 살았기에 가능한 일이었다.

버스를 타면 30분이 걸릴 거리를 부러 한시간씩 일찍 출발하는 거였다. 나를 만난 너의 첫 얼굴은 항상 땀으로 흥건했고 손등으로 이마를 닦아내면서 배시시 웃는 낯이 얄밉게도 예뻤다.

도로에 차가 없어 갓길을 따라 운전해 왔다거나, 인도에 유난히 사람이 많았다는 등의 이야기를 인사말 대신 꺼내놓고는 했다. 코스모스는 촌스러워 매력이라며 길가에서 꺾어온 꽃을 건넨 적도 있었다. 오는 길에 우스운 꼴을 보았다고, 남모르게 찍은 사진을 보여주기도 했다.

너는 나를 만나러 오는 동안을 짧은 여행처럼 여기는 듯했다. 성취감이 어린 얼굴을 볼 때면 매번, 네가 먼 데 있는 사람처럼 여겨졌다. 자전거를 매어놓느라 구부린 어깨에 대고 싫은 소리를 한 건 그 탓이었다. 안전이 염려된다는 말은 핑계에 지나지 않았다. 나는 네가 오직 나를 만나기 위해서만 나를 만나러 오기를 바랐다.

너와 보냈던 시간들, 담배를 나눠 피운 뒤 나란히 누워 청하던 낮잠, 함께 듣던 음악, 베란다 가까이 스며들던 석양 같은 것을 나는 아직도 기억하고 있었다. 우리는 폭우가 쏟아지는 여름을 함께했다. 매미가 죽어가는 계절까지 피어있던 모란을 기억했다. 흰 꽃은 밤에 아름답다고 노래를 불렀다. 때때로 나는 네 감정에 세 들어 사는 듯했다.

"이제 진짜 없는 것 같다, 그치?"

동생은 순순히 고개를 끄덕였다. 그러고는 길가에 멀뚱히 선 채 자동차들이 지나다니는 것을 지켜보았다. 아무래도 해결사가 되고 싶게 만드는 옆얼굴이었다.

"우리, 새 자전거 사러 갈까?"

"새거?"

물은 것은 엉겁결이었으나 말을 뱉은 나조차도 뜻밖이었다. 보다 솔직히는 동생이 자전거를 좋아한다는 사실부터가 내겐 새로웠다. 내가 바깥일로 바쁜 만큼 혼자 보내야 하는 시간이 많은 애였다. 내가 없는 사이에도 동생은 나름의 하루를 살고 있었으리라는 당연한 생각이, 어색하게도 막막했다.

학교에 가고 급식을 먹고 집으로 돌아와 숙제를 하거나 텔레비전을 볼 거였다. 아니면 둘을 동시에 하거나, 어쩌면 친한 친구를 집에 데려온 날이 있을지 몰랐다. 싸우는 날도 있었을 테다. 학원을 갈 때 자전거를 탔을까? 동생이 페달을 밟으며 온 골목을 누비고 다녔을 모습을 상상했다. 핸들을 부여잡은 엉성한 두 손과 겁먹은 표정, 정면을 향한 똑바른 눈을. 해가 뉘엿해질 무렵에야 집 앞에 돌아와, 자전거에 자물쇠를 채우는 장면을, 굽어질 등을. 나에게는 도무지 빛바랜 풍경으로만 보이는 그 행위들 어딘가에 즐거움이 있어서.

내가 모르는 동안 너는 내가 모르는 일을 하고 있다.

그동안 왜 자전거를 배워볼 생각을 하지 않았는지, 아마도 매번 내가 모르는 곳에서 즐거울 네게 분심이 일어서였을 거였다. 하지만 볕 좋은 날을 골라 공원엘 나갈 수도 있었을 것이다. 뒷자리에 동생을 태우고 노면이 험한 곳으로만 자전거를 몰아 놀라게 해줄 수도 있었으리라. 깊은 밤 불현듯 군것질이 하고 싶어질 때, 잠이 오지 않는 신체를 적당히 피로한 상태로 내몰아야 할 때, 구매한 물품들을 배송해주는 서비스가 없는 상점에서 반짝 할인을 할 때.

지금은 잃어버리고 없는 그 자전거를 처음 보았던 순간, 나는 분명 그런 장면들을 상상했다. 첫눈에 그것을 가져야만 하겠다고 생각했다. 까짓 잃어버린 것은 새로 사버리면 될 일이었다. 타는 방법이야 금세 배울 수 있다고, 언젠가 너는 내게 말했고.

뜻밖에 동생은 별다른 기쁨의 표현 없이, 다만 천천히 고개를 내저을 뿐이었다.

"돈 때문에 그래?"

양손을 포개어 잡은 동생이 발밑만 내려다본다. 무슨 말을 애써 참는 모양으로, 손가락 끝이 희어졌다. 그와는 반대로 낯빛은 점점 새빨개졌다.

"그런 게 아니야."

"아니라구?"

"돈 때문이 아니라구."

"그럼?"

다소간 얼빠진 목소리로 내가 물었다. 동생은 고개를 들어 나를 쳐다봤다. 얼굴로 오른 열기가 그새 눈으로 모여들기라도 했는지, 아이의 눈빛은 애답잖게 형형했다. 아랫입술을 깨문 채로 주위를 둘러보던 동생이 속삭였다.

"우리는 자전거를 잃어버렸잖아, 언니."

나는 고개를 주억였다. 그래서 새로 사러 가자는 거잖아, 대꾸하자 동생의 눈빛에 안쓰러움이 어렸다. 나에게 대고 이런 물정 모르는 사람을 보았나, 말하는 것 같았다. 귀

끝이 조금 뜨거워졌다.

"잃어버린 자전거랑 다르잖아."

"그럼, 잃어버린 거랑 똑같은 걸 사지."

"그런 게 아니라니까!"

아이가 비명처럼 내질렀다. 대로를 내달리던 자동차들마저 속도를 줄이고 머뭇거리게 할 만큼 큰 목소리였다.

"새거는 새거니까! 새 물건이 생기는 거니까! 다르잖아!"

다르다니, 그런 게 아니라니, 나는 어안이 벙벙해졌다. 그런 게 아닌 게 아니지, 정말로는 그런 게 아닌 게 아니지 않은가, 생각했다. 그런 식으로, 온통 내 머릿속은 그런 게 아닌 것들로만 빽빽해졌다. 왜 이 대낮에, 소중한 휴일에, 까마득히 어린 동생에게, 알 수 없었다. 뭘 어쩌자는 거냐고 나는 물었다.

"훔치러 가."

언니, 하고, 나를 부르는 목소리에는 어떤 단호한 기색 같은 것이 있었다. 때마침 불어온 바람 때문에 나는 잠시 등을 떠밀리고 있는 듯한 착각에 사로잡혔다. 목 뒤의 잔털이 바싹 곤두섰다. 내 두 손을 부여잡은 동생이 빠르게 말했다. 잃어버렸으니까, 우리도 훔치는 수밖엔 없다고 했다.

혼자서라도 나서고야 말겠다고. 엄마가, 내뱉은 동생이 숨을 고르려는 듯 말을 멈췄다.

"도둑질을 하면 경찰서에 간다고 했지."

내가 뒷말을 가로채 잇자 먼 데를 보는 사람처럼 흐려졌던 아이의 눈빛이 다시 똑발라졌다.

"맞아. 언니는 동생을 혼자 경찰서에 보내고 싶어?"

누군가 우리를 본다면 상당히 괴이쩍은 풍경일법했다. 동생은 나를 쉴 새 없이 다그쳤고, 그 꼴이 숫제 제 엄마를 보는 듯 꼭 같았다. 찾을 수도 없게 멀리 간 엄마. 동생을 물려받은 대가가 혼나기나 하는 처지라니. 머릿속에서 해야할 말들이 뒤섞였다.

"너, 엄마가 한 말을 오해한 것 같은데."

"훔쳐줄 거야?"

동생은 단번에 내 말을 끊었다. 나는 동생을 빤히 들여다봤다. 애는 한번도, 뭘 갖겠다고 떼쓴 일이 없었다. 애초 그런 게 자기의 역할이 아니라는 사실을 누구보다 잘 이해하고 있는 애였다. 처음 자전거를 들여오던 날에도 동생은 그랬다. 시장을 봐 들어가던 길에서였다.

나이가 지긋한 아주머니 한분이 단지 입구에 좌판을 깔

고 학습지 판촉을 하고 있었다. 어머니가 아주 젊으시네, 아주머니가 동생에게 말을 붙였다. 아이는 그녀의 말을 별달리 부정하지 않고 내 손만 꼭 잡았다. 아주머니는 내 쪽으로 관심을 돌렸다. 아이가 있는 집이라면 이 정도는 보통이라고, 오늘 신청하면 특별히 자전거를 사은품으로 줄 건데 요새 애들 있는 집에 자전거가 또 보통이라고 했다. 단박에 주세요, 소리가 나왔다. 그녀는 호호 웃었다. 어머니가 젊으시니까 아주 취향도 고급이셔. 요새 애들이 요 바구니 달린 걸 그렇게 좋다고 하데.

그날 하루가 지나도록 내내, 저 앤 좋다는 내색도 없이, 오랫동안 자전거 주변을 맴돌기만 했다. 낯선 동물을 길들이기라도 하듯 멀찍이서 쳐다보고만 섰었다. 그래서 난, 아주머니가 보통이라고 했던 건 다 거짓말이고, 저 애가 자전거엔 별 관심을 두지 않는 줄 알았다.

아이가 내 손을 잡고 슬쩍 흔들었다. 즐거울 거야, 말하는 애의 눈이 내게 특별한 암시를 주려는 듯했다. 서툴게 비밀을 감추는 사람처럼, 하루빨리 들키기를 원하는 사람처럼. 그러는 사이 붙들린 손을 통해 어떤 열의가 타넘어왔다. 좋은 양육자는 아이의 생떼를 사랑해선 안 된다. 그러나 확실히, 재미가 있을 거라고, 나는 생각했다.

"날이 요란하죠?"

후사경을 가만히 들여다보았다. 악의 없이 주름진 눈가. 등받이에 몸을 풀썩 기대며 맥없이, 그러게요, 대답했다. 기사는 카시트의 열선을 켜고 히터 온도를 높여주었다. 훈기 덕에 굳었던 몸이 풀리는 듯했다. 추위는 정말로 오늘을 몇배나 고되게 만들었다. 바람이 여민 옷깃을 들추어 가며 강샘을 부리는 내내, 우리는 마음에 드는 자전거를 찾아다니느라 온 길을 헤집고 다녔다.

동생의 등 가방 속에는 철물점에서 8천원을 주고 산 절단기가 들어있었다. 애가 열쇠를…… 잃어버려서요, 하며 애매하게 웃자 카운터를 지키던 점원이 내준 물건이었다. 값을 치르기 무섭게 그는 구석에 놓인 텔레비전 쪽으로 시선을 돌렸다. 안 되면 다시 가지고 오쇼, 바꿔줄 테니. 가게를 나설 때, 점원은 무심히 말했고 나는 화들짝 놀랐다.

훔칠 자전거를 고르는 일은 쉽지 않았다. 역전부터 천변까지 우리는 모두 뒤졌다. 내 동생은 눈이 높고 니즈가 확실한, 정말이지 까다로운 고객이었다. 제비꽃 색의 몸체를 가진 것은 아이의 체구에 비해 턱없이 컸고, 은회색 접이식 자전거는 안장의 생김이 마음에 들지 않는다 했다. 보조바퀴가 달린 건 거들떠도 안 봤다. 핸들은 좋은데 바퀴가 좀 그래, 흠집이 있어.

스물 하고 몇대쯤의 자전거를 지나치면서 동생이 말했다.

"1학년 때 있잖아, 내가 다영이 안경 망가뜨린 거."

무슨 말인가 싶어 동생을 내려다보다가 아, 그래, 그런 일이 있었다고, 생각했다. 그 애와 동생은 서로의 생일에 제일 먼저 초대장을 챙겨 쓸 만큼 사이가 좋았다. 그런데 어느 날인가, 그 집 어머니에게서 전화가 왔다. 동생이 그 애의 안경을 열한개째 망가뜨렸다는 거였다. 박살낸 방식도 참 가지가지였다. 구부리고, 밟고, 내던지고 부러뜨리고. 그 애의 어머니는 점잖게 말했다. 혹시 샘이 나서 그러는 게 아닐까요.

"걔가 너무 예뻐서 그랬어."

예뻐서? 전화를 받은 다음 날, 나는 동생과 그 앨 안경원에 데려갔다. 똑같은 안경을 두개 사고 동생 것엔 도수가 없는 유리알을 넣었다. 새 안경을 갖게 된 여자애는 신이 났는지 금세 해바라졌다. 그 애가 웃을 때마다 양 갈래로

땋아내린 머리타래가 두 볼에 툭툭 부딪혔다.

안경원에서 동생의 입매는 내내 단단했다. 제 안경은 감추듯 손에 꼭 쥔 채였다. 좋으면서 괜히 그런다고, 예뻐서 그런다고, 침대 밑에서 먼지를 뒤집어쓴 채 굴러다니던 안경을 발견하기 전까지는 나도 그렇게 생각했다. 그날 동생은 영문도 모르고 매질을 되게 당했다.

"걔가 샘이 나서 그랬다는 거야? 너무 예뻐서?"

안경이 아니고?

"아니, 다른 사람들이. 예쁜 걔를 보는 게 싫어서."

아이의 산뜻한 어조가 아연했다. 나와 눈이 마주친 애가 어깨를 한번 으쓱, 했다.

"그래서 그랬어."

순간 나는 네 생각이 났다. 얼결에 동생에게 최고로 멋진 자전거를 훔치러 가자고 말했다. 추우니까 택시 타고 가자고.

"차 타니까 좋다."

동생이 벌게진 콧등을 문지르며 웃었다. 그러고는 나더러 자동차를 배우면 안 되느냐 했다. 운전을, 배우려던 때가 있긴 했는데 번번이 주행시험에서 물을 먹었다. 애꿎게 전형료만 갈취당하고 있다는 생각이 들 즈음 네게 연수를 부탁하기도 했다. 너는 내가 겁이 많아 그런다면서 웃었다. 걱정이 되는데 어떻게 해? 사고 나면? 묻자, 너는 말했다. 그냥 밟아. 안 죽어.

그날, 왼쪽 깜빡이를 켜고도 몇킬로미터나 선을 따라 달리기만 하는 내 옆에서 너는 어깨를 들썩이며 웃었다. 내가 초짜란 걸 알아본 다른 차들이 슬슬 비켜주었는데도 그랬다. 나중엔 너를 비롯한 도로 위의 모두가 나를 비웃고 있다는 생각이 들어서, 마음이 상하다 못해 오기가 났다. 그래서 아예 비상등을 넣은 채로 직진만 했다.

도로를 봐, 너는 웃기를 멈췄다. 점선은 넘을 수 있단 얘기니까 눈 딱 감고 넘어버리라 했다. 하지만 옆에서 평행하게 달리던 차가 갑자기 들이닥치면 그건 좀 무례한 일이 아니겠는지.

얼마나 놀라고 당황스럽겠는지?

봐라. 지금부터 노크를 할 거야. 너는 벨트를 풀고 내 쪽으로 몸을 기울였다. 그러고는 지시등을 켰다. 핸들을 붙잡고 있느라 마디가 하얘진 내 오른손을 가볍게 붙들고는 또 이렇게 말했다. 이제 최대한 정중하게 머리를 들이밀 거야.

사고는 없어. 아무 일도. 절대 안 다쳐. 자, 들어간다……
말하면서, 너는 핸들을 꺾었다.

나는 브레이크를 꽉 밟아버렸다.

놀란 너의 탄성과 사방에서 들리는 경적. 두어차례의 심호흡 끝에 네가 나를 나무랐다. 방금 진짜 큰일날 뻔했어. 나는 갑자기 낯선 곳에 뚝 떨어진 것 같아 한동안 아무 말도 하지 않았다. 모든 소리가 잠잠해지기를 기다려 입을 열었다. 난 못해. 노크를 한다고 아무나 다 들어갈 수 있는 건 아니야.

깊은 한숨. 뒤이어 은근한 웃음. 나를 유능한 범법자로 만들어놓으려면 시간이 아주 많이 필요하겠다고 했다. 무슨 말도 안 되는 소리냐며 눈을 흘겼다. 너는 툭 내뱉었다. 규칙 다 지키면서 뒤차 끌고 앞차 따라 착하게 가면, 그게 기차지 차야? 언제든 싸울 준비가 되어있다는 듯 다물린 입. 네가 싱긋 웃자 나는 세상에 허락을 얻은 것 같다.

"언니, 기사 아저씨가 이상하게 가는 것 같아."

나는 일부러 좀 과장되게 동생의 입을 틀어막는 척했다.

"넌 뭘 안다고 그래?"

"아저씨가 돌아서 가잖아."

앞에서 가만히 듣고만 있던 운전기사가 슬쩍 신호를 물고 교차로를 건넜다. 차내에 어색한 공기가 내려앉았다. 기사는 곧 애가 참 똘똘하네, 하고 말을 붙였다. 그러고는 말을 멈추지 않았다. 거리가 짧다고 전부 단거리인 게 아니라고 했다. 신호 세번 받는 직진보다 우회전 두번이 낫다면서. 나는 기사의 말을 흘려들었으나 자, 봐요, 그는 가볍게 브레이크를 밟았다.

"6800원 되겠습니다, 아가씨들."

차에서 내린 동생이 내 주머니 속으로 손을 쑥 집어넣었다.

"그건 어떤 거야?"

어떤 거? 자전거? 내가 되묻자, 동생은 목도리 속으로 푹 움츠린 고개를 작게 끄덕거린다.

"그냥, 친했던 사람 건데, 까맣고…… 작은 주머니가 달려있어. 안장 테두리는 흰색 가죽으로 되어있고."

"그런 거 말고 더 재밌는 얘기."

나는 주머니 속에서 꼼지락거리는 동생의 손을 가만히 쥐었다.

"그 자전거에, 나만 아는 흉터가 있어."

"언니가 그랬어?"

"응, 그래서 아무도 몰라."

동생은 내게 왜 그랬느냐고 묻지 않았다. 더 들을 필요도 없다는 듯 잠자코 앞만 보며 걸었다. 그래서 나도 속으로만 대답했다. 동생처럼 어깨를 으쓱거리면서.

우린 그걸 타고 집으로 갈 거야.

작심하기까지는 다소의 시간이 필요했으나, 그마저도 아이의 성화 때문에 오래가진 못했다. 정말로 무작정 여기까지 왔다는 느낌이었다. 아마도, 별다른 일이 없다면, 너는 우리가 접어든 골목의 끄트머리에 살고 있을 거였다. 나는 멀찍이 보이는 상가를 가리켜 동생에게 말했다.

"저 건물 맨 꼭대기층 바깥쪽 집 초인종을 눌러. 누가 대답하면, 태호네 아니냐고 해."

"그렇다고 하면 어떡해?"

"걱정 마. 걔는 여기 사는 애 아냐."

안에 사람이 있으면 그런 사람 안 산다고 대답할 테니 조용히 내려오고, 아무 대답도 돌아오지 않으면 나를 부르라고 했다. 동생은 고개를 끄덕거렸다. 두어번 숨을 크게 들이쉬더니 내달리기 시작해서, 금세 건물 안으로 사라졌다. 입구에서 위를 올려다보자 전에 없이 까마득했다. 꼭대기층 창문이 쇳소리를 내며 열렸다. 희고 어린 손 하나가 불쑥 튀어나와 팔랑거렸다.

너는 지금 여기에 없다. 어디로 가버렸을까? 지금 어디에 있을까? 다행인지 불행인지 자전거는 내가 알던 곳에, 너의 집 현관문 앞에 그대로 주차되어 있었다. 손바닥으로 핸들이며 안장을 길게 쓸어보았다.

끊어내야 할 자물쇠는 총 두개였다. 앞바퀴를 계단참의 난간에 붙들어 놓은 것은 문구점에서도 구할 수 있는 중국산 싸구려였다. 메인프레임과 뒷바퀴를 고정하는 데 쓰인 번호식 자물쇠가 난관일 듯싶었다. 한눈에 보기에도 두께와 무게가 심상찮았다.

곁에 선 동생은 잔뜩 신이 나 보였다. 응급수술에 투입된 보조간호사 흉내라도 내는 것처럼 절단기를 들이미는 본새에 절도가 있었다. 나는 숙련의도 전문절도범도 아닌데 엉겁결에 연장을 쥐었다.

마비에서 풀려난 것처럼 세상의 소음이 한꺼번에 귓속으로 쏟아져 들어왔다. 곧이어 세상이란 많은 사람이 한데 어울려 살아가는 곳이라는 사실, 그래서 생각보다 아주 시끄럽고 소란스럽다는 사실을 몸으로 배웠다. 지금 텔레비전을 보고 있는 건 아래층 사람들인가? 가래를 뱉은 건? 건물 밖에서 몇명의 젊은 애들이 떠드는 소리도 모두 들렸다. 그 모든 소음이 금세라도 뒷목을 잡아챌 것만 같았다.

"사람들이 우릴 이상하게 생각하지 않을까?"

내 말에 동생이 한숨을 쉬었다.

"언니는 여자고 나는 여자애야. 사람들은 우리를 돕겠다고 할걸?"

나는 잠깐, 내가 기른 것이 이 애가 맞는가를 고민했다.

"그런 건 대체 누구한테 배웠어?"

아이는 애매하게 웃으며 딴청을 부렸다. 그러더니 대뜸 어디냐고, 물어왔다. 언니가 만든 흠집이 어디에 있냐고. 나는 아이의 손을 끌어다가 메인프레임의 아랫면을 더듬게 했다. 곧 동생이 내 손가락을 따라 밑면을 어루만졌다.

"느껴지니? 길게 패인 거."

"여기구나."

"거기 있는 쇠줄…… 그걸 끊어놓으려고 했었어."

그게 브레이크 선이거든. 나는 픽 웃었다.

너는 자전거를 타면 발밑에서 길이 감기는 기분이라고 했다. 그냥 지나가고 마는 게 아니라, 마주친 것들을 차근차근 감아가면서 앞으로 나아가는 기분이라고. 그런 말을 하면서 나를 어느 허름한 건물 앞에 데려갔다.

그 건물 지하엔 음악을 틀어 주고 병맥주나 칵테일 따위를 팔법한 술집이 있었다. 입구에 걸린 붉은 푯말에는 검고 큰 글씨로 30세 미만 출입금지,라고 적혀 있었다. 너는 서른살이 되면 여기부터 들어가 볼 생각이라고 했다. 설마 그전에 망해버리진 않겠지? 말하며 희게 웃었다. 대학가에 있는 술집이면서 애들을 받지 않겠다니. 나 역시 내부의 생김이나 사정에 흥미가 동하기 시작해서, 지금 당장 들어가 보지 않겠느냐고 물었다. 분명 손님을 끌기 위한 수작일 테니 내쫓진 않을 거라고.

너는 기다리겠다고 했다. 서른살에 실망할 거라고 했다. 진지하고 단호해서, 또 퍽 유쾌한 어조여서, 나는 잠깐 네가 서른살에 대해 말하는 줄 알았다. 너는 능히 그러고도 남을 애였다. 그 가게 앞을 지날 때마다 즐거워할 거였다. 서른살이 되는 날에 가게엘 들어가 맥주를 한병 주문하고 주위를 조금 둘러본 다음 에이, 이게 뭐야 말할 것이다. 기대보다 영 후지네, 하고.

그건 거의 탄성처럼 들릴 것이다.

어떻게 그럴 수 있지? 속엣말로 투덜거리면서 절단기를 틀어쥐었다. 네가 돌아오기 전에 이 일을 끝내야 했다. 곁에서 질리지도 않고 흠집을 문지르던 동생의 눈이 문틈처럼 가늘어졌다. 나는 아이의 손을 밀쳤다. 이제 그만 만지라고 하자 아이는 금세 앵돌아졌다.

"치사하게 구네."

"정신 사납게 하지 말고 가만히 있어."

앞바퀴에 걸린 자물쇠 와이어에 날을 물리고 힘을 꾹 주었다. 덜 자란 풋내기가 이두박근을 자랑하는 것처럼 엉성한 자세가 됐다. 생각보다 쉽지 않다. 몸을 몇번 비틀어 봤다. 층계에 가방을 깔고 앉은 동생이 깔깔 웃었다.

"오줌 마려운 사람 같애."

지청구를 놓으려는데 동생의 킬킬거림이 딱 멎었다. 아래에서 누군가 올라오는 소리가 들렸다. 한기가 등줄기를 타고 목뒤까지 치받았다.

"애초에 네가 관리만 잘했어도 이런 일이 없잖아!"

켕긴 마음을 감추려고 괜히 더 큰 소리로 동생을 탓했

다. 계단을 올라오던 소리가 잠깐 멈췄다. 이쪽의 기색을 살피는 듯한 느낌, 바스락거리는 소리. 곧이어 계단을 오르는 소리가 다시 들리기 시작했다. 아랫집인가? 아님 앞집? 네가 돌아왔나? 의식하지 않으려고 해도 자꾸 시선이 계단 아래를 향했다.

난간 너머로 정수리부터 보였다. 양손에 비닐봉지를 하나씩 들고 있었다. 내가 정말 진심으로 싫어했던 추리닝을 또 입고 있었고 그새 살이 좀 오른 듯했다.

너였다.

절단기에 물려있던 와이어가 툭, 소리를 내며 끊어졌다. 잘려나간 자물쇠가 바닥에 떨어져 굴러가기까지가 몹시 길었다. 그 소리를 들은 네가 고개를 쳐드는 바람에 눈이 마주쳤다.

"어…… 안녕."

나를 보곤 잠깐 머뭇거리던 너는 못 볼 것을 보았다는 듯이, 어쩌면 아무것도 보지 않은 사람처럼 우릴 지나쳐 현관문 앞에 섰다. 짐을 한 손에 몰아쥐고 주머니를 뒤졌다. 동생하고 나는 아무데도 못 가고 아무 소리도 못 내고 서로의 얼굴만 쳐다보고 있었다. 이윽고 두 눈을 감은 채 마른

침을 삼켰다. 옷깃이 스치는 소리, 작은 쇠붙이들이 짤랑거리는 소리. 곧이어 쾅, 하고 현관문이 닫혔다. 안쪽에서 문을 잠그는 소리를 마지막으로 동생이 속삭였다.

“저 사람이 자전거 주인이야?”

가까스로 고개만 끄덕였다. 온몸의 피가 전부 빠져나간 듯했다.

“근데 왜 그냥 들어갔지? 언니, 빨리 끊어. 우리 도망가야 해.”

경황없이 뒷바퀴에 걸린 쇠사슬을 자르기 시작했으나 잘 안 되었다. 칼날이 피복을 파고드는가 싶더니 이후부터는 미동도 없었다. 손이 떨렸다. 나는 동생에게 자물쇠가 안 잘린다고, 그냥 집으로 돌아가자고 사정하기 시작했다. 절단기를 내던지고 동생의 손목을 잡아끌었다. 단번에 손을 뿌리친 아이가 공구를 챙겨 가방에 넣더니, 마지막으로 비밀번호라도 맞춰보라고 했다. 아니면 나중에 혼자서 또 오겠다고. 도가 지나친 집요함이었다. 눈을 번득이는 게 무서웠는데 그래서 도리어 화가 치밀었다.

“그냥 가자니까! 벌써 들켰잖아!”

“친했다면서 이런 것도 몰라?”

"안 가르쳐줬으니까, 물어봐도 말을 안 해주는데 무슨 수로 알아!"

"그럼 아까 거기 다시 가자. 안 되면 아저씨가 바꿔준다고 했잖아."

대답 대신 동생을 노려보기만 했다. 갑자기 철컥, 소리와 함께 닫혔던 현관이 다시 열렸다. 안쪽에서 나온 건 여전히 너였다. 묵묵히 섰던 네가 입을 열었다.

"원하는 게 뭐야."

계단참에 버티고 섰던 동생이 뒤를 돌아봤다.

"우린 뺏긴 거 되찾으러 왔어요."

그러니까 잠깐만 들어가 계시라고 아이는 앙칼지게 덧붙였다. 집으로 돌아가면 말하지 말아야 할 순간에 입을 다무는 법부터 가르쳐야겠다고, 나는 다짐했다. 너는 곧 내 쪽으로 시선을 돌렸다. 내 눈을 바로 보지 않고 벽면을 대하듯 했다.

"얘가 네 동생이야?"

내가 고개를 끄덕이자, 너는 얼굴을 조금 찌푸린 채로 다가와 나를 물러나게 했다. 뒷걸음질치면서 지구 바깥으로 꺼지고 싶을 만큼 창피했고, 온몸이 뜨거웠다. 자전거

앞에 쪼그리고 앉은 등에다 대고, 생각나는 대로 아무 말이나 했다. 미안하다고, 애가 자전거를 잃어버렸다고, 새로 사준다고 했는데 새것을 갖는 건 싫다고 했다고, 아직 어려서 그렇지 사실은 좋은 애라고.

너는 별말도 없이 자물쇠의 비밀번호를 풀기 시작했다. 네 어깨너머로 보인 건 내가 짐작할 수 없는 배열의 번호였고 그게 신경 쓰여 견딜 수가 없어 또 창피했다. 새로 사귄 애인의 생일이라거나.

"왜 하필 여기로 왔어?"

갑자기 네가 묻는 바람에 나는 대답할 타이밍을 놓치고 말았다. 너는 깊게 한숨을 쉬었다.

"먼저 헤어지자고 한 건 넌데, 왜 자꾸 와."

"언니 여기 여러번 왔어? 이 오빠랑 헤어져서? 언니가 헤어지자고 했어?"

저 계집애가 나를 말려죽이려고 아주 작정한 모양이었다. 차갑게 쏘아보자, 입술을 조그맣게 오므리더니 손바닥으로 턱 덮었다. 그리고는 올라올 때처럼 쪼르르 내려가버렸다. 네 눈가에 희미하게 웃음기가 어렸다. 이 상황이 재미있기보다는 어처구니가 없는 쪽인 것 같았지만.

"모르는 줄 알았어?"

"저기, 난 그냥."

나는 그냥, 네가 잠든 순간이 싫었을 뿐이었다. 어느 날 우리 둘 중 하나가 불운한 사고로 먼저 죽어버린다면 어떨까 상상했었다. 네게 건 전화가 음성사서함으로 넘어갈 때, 머리를 감다가 샴푸통을 집어들 때, 아침에 집을 나설 때, 늦은 밤에 버스를 타고 외지로 갈 때.

무심코 어느 길가에서, 어딘가 내가 모르는 곳에서 천천히 주검이 되어가는 너를 상상했다. 어쩌면 어제의 작별이 너하고의 마지막은 아니었을까, 그렇다면 나는 얼마나 슬프고 또 얼마나 기쁠 것인가에 대해서. 네게 남은 감정이 고스란히 후회되고 그러면 너나 내가 하고많은 것 중 하나가 아닌, 진짜 하나뿐인 게 될 수 있지 않을까 하고. 때때로 나는 너를 전부 씹어먹어버리고 싶었다. 그게 불가능하다는 것을 깨달았을 뿐이었다.

"그냥?"

"그냥, 예뻐서 그랬어."

말을 맺은 뒤 나는 곧바로 후회했다. 좀 더 멋진 말을 했더라면 좀 덜 또라이처럼 보였을 텐데, 싫어서였다. 미련이

남아서 그랬다고 하거나, 뭐라도 남기고 싶어서 그랬다고 하거나, 아니면 네가 그리워서 그랬다고 하거나. 그럴듯한 알리바이, 거짓이지만 진심인 말들. 너는 아주 천천히 몸을 일으켰다. 피복이 너덜너덜해진 자물쇠를 풀어 문 앞에 놓인 쓰레기통에 던져 넣었다. 문고리를 잡은 채 나더러 자전거를 가져가라고 했다. 이제 다시는 오지 말라고 했다.

입구에 쪼그리고 앉았던 동생이 벌떡 일어나 나를 바라봤다. 흡사 교무실에 끌려갔던 친구를 맞이하는 표정이었다. 아이에게 동정이나 받는 처지로 전락한 나 자신이 한심스러웠다. 애써 태연한 척 골목길을 빠져나오는데 동생이 옆에서 보폭을 맞춰 걸으며 날 힐끔힐끔 보았다.

"앞만 보고 가."

동생은 내 심정을 이해한다는 듯 금세 고분고분해졌다. 지금 내겐 타인의 시선을, 아무리 그게 피를 나눈 자매라 하더라도, 피할 권리가 있었다. 자전거 체인이 헛도는 소리가 너무 컸다.

하루를 도둑맞은 것처럼 해가 지고, 가로등에 하나둘 불이 들어왔다. 한참 걷고 있는데 동생이 내 팔을 툭, 쳤다.

팔꿈치로 아이의 머리를 밀쳤다. 작게 키득거리던 애가 이번엔 몸통으로 들이받았다. 우린 한동안 몸으로만 실랑이했다. 언니, 하고, 동생이 나를 불렀다.

"한창땐 원래 다 실수하고 그러는 거래."

"일이 이렇게 된 게 누구 탓이지?"

분심이 일었지만 그마저도 잠깐이었다. 어쨌거나 우리는 자전거를 훔쳤고 형편없는 언니인 쪽은 나였으니까. 잠깐이나마 나의 공범을 홀대했다는 사실이 미안해져서 겨우 동생에게 말을 붙일 마음이 생겼다.

"이거 타고 갈까?"

시무룩했던 동생의 표정이 단번에 밝아졌다. 걸음을 멈추고 마주 웃어보였다. 그 틈에 아이가 냉큼 자전거 짐받이 위에 올라탔다.

"네가 타고 가야 해. 언니는 자전거 탈 줄 몰라."

짐받이에 앉은 채로, 동생이 새침하게 답했다.

"나도 모르는데?"

한동안 동생을 멀거니 쳐다보기만 했다. 내 안색을 살피던 아이가 슬그머니 짐받이 위에서 내려왔다.

"그러면 왜 훔치자고 한 거야?"

동생은 당연한 걸 왜 묻고 그러느냐는 얼굴이 되었다.

"분하잖아. 우리 건데 없어졌으니깐."

"그게 다야?"

"언니가 속상할까봐 그랬지."

자전거 핸들을 동생의 품에 퍽 안겼다. 네 거니까 네가 끌고 가. 얼결에 자전거를 받아든 아이의 얼굴에 의아함이 들어찼으나, 나는 개의치 않고 앞서 걷기 시작했다. 동생이 따라올 생각은 않고 뒤에서 자꾸 언니, 언니, 하고 불렀다. 한참을 가도 오는 소린 없고 부르는 소리만 들렸다. 언니이, 늘어지는 말끝에 울먹임이 섞였다.

"아, 왜! 이 웬수 같은 계집애야!"

나는 뒤를 돌아보았고 창피한 만큼 크게 소리를 질렀다. 동생은 자전거 핸들을 애매하게 쥔 채 서 있었다.

"추우니까, 택시 타고 가면 안 돼?"

빠르게 지나가는 차들의 전조등 불빛 때문에, 아이의 그림자가 늘어났다 줄어들길 반복했다. 나는 갑자기 저 애가 낯설다.

이건 아마도

정문 앞이 인파로 분주했다. 다양한 색깔과 모양의 피켓을 든 무리가 마찬가지로 각양각색 탈을 쓰고서 구호를 외치고 있었다. 선창이 나서면 모두가 그 말을 받아 후창을 하는 식이었다. 범죄가 어쩌고 하는 것 같았는데, 내게까지 와서는 그냥 뭉개진 목소리로만 들렸다.

피켓에 적힌 문구를 훑어보았다. 각기 주장하는 바가 달랐지만 아무튼 뭔가에 화가 난 건 분명해보였다. 어떤 피켓은 불법 촬영을 지긋지긋해했고 옆의 것은 거기서 더 나아가 한국의 남자를 지겨워하는 것처럼 보였다. 어떤 피켓은 꾸밈노동을 그만두자고도 했다.

시위대의 뒤편으로 생수병과 모포, 방석 따위를 들고 오가는 몇몇 사람이 보였다. 그다지 좋은 상황은 아니었다. 뻘겋고 퍼런 하회와 각시, 다종다양한 짐승을 상대로 음, 말뚝이씨는 피부가 조금 건조하군요, 평소에 홍조가 신경 쓰이지는 않았나요? 말하기는 어려울 것 같았다.

여기에 오면 대박이 난다고 자신했던 사람은 따로 있었다. 나는 그에게 전화를 걸었다.

“벌써 손님이 있어?”

“아직 시작 못 했는데, 아무래도 망한 거 같은데요.”

펄님은 그게 무슨 소리냐고 했다. 시작도 하기 전에 망하는 게 어디 있냐고. 사람이 큰일을 하려면 패배자 마인드를 버려야되느니 마느니 잔소리가 푸졌다. 노력이니 정신무장이니 하는 말까지 나오기 전에 그를 진정시켜야 했다. 불쑥 짜증이 났다.

“여기 지금 시위한다고요! 복면 같은 걸 뒤집어쓰고 있다니까요?”

잠깐 수화기 저편이 조용했다.

"걔들이 시위할 일이 뭐가 있어?"

펄님은 대답을 기다리지 않았다. 걔들이 시위를 하거나 말거나 거기서 영업하는 것하고 무슨 상관이냐고 재우쳐 물었다.

"지금 피켓 들고 난리 났는데 화장품을 어떻게 팔아요."

여대생은 화장품이라면 환장할 거라매요, 여기 오면 대박 난다매요,하는 말끝에 억울함이 섞였다. 한참 듣고 있던 그가 시원찮은 소리는 하지도 말라는 듯 픽 웃었다.

"야, 거기 학생이 걔들만 있어?"

그래도 분위기라는 게 있지 않냐는 말은 씨알도 안 먹혔다. 그는 한숨을 푹푹 쉬다가 아아아니, 실버님아, 내 말을 들어보세요, 했다. 큰일을 할 사람이 애들 장난에 겁을 먹어서야 되겠냐면서 펄님은 나를 달랬다. 공부 열심히 할 것처럼 생긴 사람, 화장 같은 건 안 하고 다니는 참하고 조신하게 생긴 사람을 데려오라고 했다. 잘 꾸민 애들은 좋다고 소문난 단품을 위주로 골라서 사기 때문에 세트로 된 화장품은 안 사려고 한다면서.

"깔릴 만한 애들 있으면 무조건 물고 와. 우리, 오늘 무조건 골드 가는 거야?"

전화는 예고도 없이 끊겼다. 나는 스스로를 위로하려 애썼다. 기껏 발을 뻗으러 왔으니까 후일을 도모하기 위해서라도 누울 자리는 봐두는 편이 좋았다.

"김유민?"

눈앞에 새하얀 여우탈이 훅 들어왔다. 놀라서 뒷걸음질하는 사이에 여우가 가면을 벗었다. 퍼뜩 기억을 되찾고서야 잊고 있었다는 것을 깨닫게 될 만큼, 낯익은 얼굴이 나를 보며 웃었다. 여기엔 어쩐 일이야? 우리는 서로에게 물었다.

선희를 처음 만난 건 고등학교 3학년 때였다. 친구의 친구라는 식으로 소개를 받아서 결국에는 서로를 친구라고 부르게 된 그런 사이였다. 퍽 무람없는 관계로 지냈다곤 생각하지만, 어영부영 연락이 끊겼다. 당시 그녀에 관해 가졌던 인상을 말해보라고 하면 아무래도…….

"난 그때부터 불평불만에 일가견이 있었던 것 같아."

그간 지내온 이야기를 풀어놓던 선희가 웃으며 말했다. 마침 비슷한 생각을 하고 있던 차였으므로 엉겁결에 동의하고 말았다. 그녀가 3학년 내내 민머리를 하고 다녔던 일이 마음에 남아있는 탓이었다. 속을 들킨 게 무안해서 부언도 못 하고 앞에 놓인 잔을 만지작거렸다.

우리가 처음 만났을 때 그녀는 학교 규정집에 모범사례로 실려도 좋을 것같이 똑 떨어지는 단발을 하고 있었다. 그랬던 애가 난데없이 머리를 밀고 등교하자 그녀의 담임은 깜짝 놀라서 그녀를 교무실로 불러올렸다. 면담은 몇개월 사이를 두고 꽤 오래 반복되는가 싶었는데 그녀는 졸업하기까지 자기의 뜻을 바꾸지 않았다.

나는 그녀와 거리를 두었다. 선희의 휑한 머리통을 보고 있으면 굳이 선생을 상대로 일을 그렇게까지 키울 필요가 있었을까,라는 생각과 함께 이유 모를 수치가 뒤따랐다. 나는 내가 무엇에 부끄러운지 모르면서 나를 부끄럽게 만드는 그녀가 불편했는데, 이렇게 다시 만날 줄 알았더라면 미리 사과를 해두는 편이 좋았을 것이다.

"저기 그때, 모른 척해서 미안해."

선희는 의아한 표정을 지었다.

"그건 내가 그러고 싶어서 한 일이었어. 너랑 상관없어."

"나 때문이었잖아."

그녀는 내 말을 듣고는 힘없이 웃었다. 그러고는 말했다.

"나는 창피했어. 창피하고 분해서 견딜 수가 없었어."

선희가 창피할 게 뭐가 있다고? 그녀와 내가 같은 감정을 공유하고 있었다니, 무척 기묘했다.

우리는 등굣길에 마주치는 일이 잦은 편이었다. 그날도 사거리쯤에선가 우연히 만나 학교까지 함께 걸었다. 교문을 지나가려는데 문 앞을 지키고 섰던 선생이 나를 불러 세웠다. 머리 길이 때문이었다. 미용실에 간다는 걸 자꾸 미루는 사이에 머리카락이 꽤 길어진 데다 하필 모범사례까지 곁에 붙어있으니 누가 봐도 규정 위반의 태가 났다.

나는 선생에게 최대한 소상하고 공손하게 나의 죄를 일러바쳤다. 머리를 자르려면 만이천원이 드는데 용돈을 다 써버린 데다 사실은 미용실에 앉아있으면 푸들이 된 것 같아서 기분이 별로 좋지 못하고 바깥이 너무 춥고 그래서 이렇게 되어버렸다고. 요지는 멋을 내려고 그런 게 아니라 그냥 내버려뒀더니 이렇게 된 거라는 이야기였다.

선생은 그러냐, 하면서 웃었다. 선생이 웃기에 나도 웃었다. 그러자 선생은 미용실에 갈 필요가 없게 해주겠다면서 나를 학생지도실로 끌고 갔다. 내가 끌려가니까 선희는 울상을 해 가지고서 나를 따라왔고 선생은 그날 바리깡을 들었다. 내 뒷머리를 쥐가 파먹은 것처럼 밀어놓은 것이다. 선희는 창백한 낯빛으로 일련의 광경을 지켜보다가 선생에게 물었다.

"왜 그렇게까지 하세요?"

선생이 무슨 소리냐고 되물었다. 그녀는 반복했다.

"왜 그렇게까지 하시냐고요."

선희는 다음날부터 민머리로 학교에 왔다. 머리카락이 길면 자꾸 잡생각이 나서 공부에 방해가 된다는 이유였다.

진짜 웃기지 않냐고 이제는 다 자란, 그러니까 긴 생머리의 선희가 말했다. 그 일이 있기 전까지 그녀는 학교에서 요구하는 것을 한번도 의심해 본 적이 없다고 했다. 그녀는 그냥 그게 옳다고 생각했다. 어른의 말이니까, 그래서 지키려고 노력했다.

"이런 말 하려니까 되게 유치한데, 있잖아, 노는 애들."

학교의 요구에 따르지 않는 애들을 보면 그냥 아, 재는 노는 애인가 보다, 생각했다고 말하며 선희는 낯을 조금 붉혔다. 그래서 머리카락은 그냥 내버려두면 자라게 마련이라는 걸 깨닫고 나자 새삼스럽더라고. 단정해지든지 노는 것처럼 보이고 싶든지 어느 쪽이든 시간을 내야 한다면, 왜 어떤 것은 되고 어떤 것은 안 될까…… 어째서 이런 규칙이 생겼을까, 생각하다 보니 창피해지더라고. 그래서 삭발을 했더니 삭발도 안 된다고 해서 오기가 생겼다고.

"그땐 머리만 길어도 정신머리가 어떻다느니 희한한 소릴 했잖아?"

선희는 벗어둔 여우탈을 손끝으로 톡톡 두드렸다. 연령에 따라서 머리카락 길이에까지 규칙이 정해져있는 건 이상하다고 되뇌더니, 학교에서 난리가 벌어진 이유를 설명해주었다.

문제의 시작은 여자 화장실에서 발견된 카메라 때문이었다고 했다. 처음엔 다들 방문객을 의심했다. 그런데 알고 보니 범인이 내부인이었고 놀랍게도 교수였고 평소에 입버릇이며 손버릇이 나쁘기로 암암리에 소문난 사람이었다. 물론 그는 범행을 부인했는데, 그러는 과정에서 학생들과 나눈 대화의 녹음파일이 유출됐다.

"입만 열면 여자가 예뻐야 한다고, 여대생은 긴 생머리가 최고라고 그랬던 인간이 이제는 우리가 외모에만 관심 있고 행실이 방정치 못하니까 그런 걸 찍히는 거라고 하더라."

화장실에 카메라가 있는 게 어째서 우리 잘못이 되는 거야? 그런 말에 왜 다들 수긍하는 거냐고, 그녀는 언성을 높였다. 정문에서 보았던 피켓이 주장하는 바가 제각각이었던 이유를 알 것 같았다. 앞에 놓인 커피를 단숨에 들이켠 선희가 내게 물었다.

"아까 리서치 때문에 왔다고 했지?"

사실은 거짓말이야,라고 말할 수가 없었기 때문에 그냥 고개를 끄덕였다. 몇년 만에 만난 고등학교 동창이 어떻게 지내냐고 하는데 나는 다단계 판매원이고 너희 학교의 학생에게 영업을 하러 왔어, 라고 대답할 수가 없으니까. 선희가 자리에서 일어났다.

"시위하는 애들이랑 친하거든. 걔들한테 설문 돌리고 한번에 걷자."

시위대는 지금쯤 교내 행진 중일 테니 집결지에 가서 기다리자는 게 그녀의 의견이었다. 우리는 정문을 지나쳐 학교 안으로 들어섰다. 서둘러 걷는 그녀를 따라 종종걸음을 치면서 정말 괜찮은 거냐고 물었다. 그녀는 안 괜찮을 게 뭐가 있느냐고 했다. 아니, 그게 아니고…… 몰매 맞고 쫓겨날까봐 무섭다는 얘기가 입 밖으로 나오질 않았다.

"걔들한테 화장품 시연하고 뭐, 팔고…… 그래도 돼?"

앞서 걷던 그녀가 잠시 뒤를 돌아보더니 걸음을 조금 늦추어 내 보폭에 맞추었다.

"너도 아침마다 화장하지? 출근하기 전에."

고개를 끄덕이는 것으로 답을 대신하자, 선희는 만약에 화장을 안 하면 어떻게 되냐고 물었다. 만약에 안 하는 건 생각해본 적이 없어서 잠깐 고민했다. 그러다 옆 라인 골드가 여자애 몇을 잡아놓고 교육하던 일이 설핏 기억났다.

"잔소리할 것 같은데."

"왜?"

선희는 대뜸 물었다.

"왜라니?"

"우린 그런 거에 화가 난 거야."

그러더니 어깨를 한번 으쓱했다. 그녀의 옆얼굴을 멀거니 보고 있는데 펄님에게서 문자메시지가 왔다. 어떻게 되어가냐는 그의 질문이 막막해 한숨이 나왔다. 앞으로 어떻게 될 지보다 어쩌다 일이 이렇게 되었는지가 더 궁금해진 건 이번이 처음이었다.

윗집 사는 남자는 매일 오후 1시가 되면 노래를 불렀다. 어느 날은 첫 소절만 반복했고 다음날은 그다음 소절을, 그러다가 어느 날은 한곡을 반복해서 부르는 식으로 매일 같은 시간에 같은 노래를 불렀다. 가사가 뭉개진 채였으나 가락만은 분명하게 남아 집 안 어디에서도 그의 목소리를 피할 수가 없었다.

어느 날에는 잔뜩 약이 올라 현관 밖엘 뛰쳐나갔다. 어디 사는 인간인지 알고 싶어서였다. 내가 그를 잡으러 가고 있다는 사실을 모두가 알도록 발을 크게 구르며 계단을 올랐는데 꼭대기까지 가도록 노랫소리가 들려오는 집은 없었다. 누군가 좀 조용히 다니질 않고,라며 투덜거렸을 뿐이었다. 화가 난 채 뛰쳐나온 누군가와 마주치는 참사는 피하고 싶었으므로 양심껏 까치발을 해서 돌아 내려왔다.

방음 설계가 어떻게 되어먹었는지 모르겠지만, 매일 오후 1시에 노래를 부르는 남자는 나와 같은 라인에 사는 사람은 아닌 것 같았다. 현관문을 걸어 잠그면서 생각했다. 노래를 부를 수도 있다. 노래를 부르는 인생에는 나름의 즐거움이 있을 것이다. 문제는 매일 같은 시간에 같은 노래를 부르는 남자와 그의 선곡 센스를 별로 알고 싶지 않은 나를 적당히 먼 거리에 살도록 두지 않는 여기의 구조에 있을 것이었다.

애당초 아랫집 할머니가 마늘을 빻으면 꼭대기 집에서 항의하러 내려올 만큼 낡은 건물이었다. 화를 내는 윗집 새댁에게 할머니는 항상 직접 담근 갓김치나 겉절이, 때로는 곶감이나 메주 따위를 들려 보냈다. 메주를 받은 날에 새댁은 무척 곤란해했으나, 할머니에게 메주의 쓰임이나 조리법에 대해 이것저것 물었다. 아랫집 할머니는 그게 은근히 자랑스러운 눈치였다.

이웃들이 퇴근할 시간이 되면 어디서 꼭 개가 짖었다. 짖는데 그게 한두마리가 아니라서 꼭대기 집에 사는 아기는 낮밤이 바뀌었다. 아랫집 할머니는 남의 집 애가 울고 개가 짖어도 아랑곳없이 무언가를 찧고 빻고 말리고 찌거나 달였으므로 새댁네 아기는 낮에 자다 깨고 밤에 자다가 깨서 잠투정이 심해졌다. 야간에 일하는 파트타이머는 낮에 잠을 자야 하는데 어느 라인인가의 윗집에 사는 남자는 매일 같은 노래를 부르고 애가 울고 개가 짖고.

그러니까 처음에는, 낮 동안 앉아있을 책상 하나만 있으면 좋겠다는 생각이었다.

펄님을 알게 된 건 그로부터 두어달이 지났을 무렵의 일이었다. 전화를 한통 받았다. 펄님은 자기를 박실장이라 소개하면서, 면접을 보러오지 않겠느냐고 했다. 구직사이트를 통해 내 이력서를 보고 한눈에 느낌이 왔다는 거였다. 그의 말을 듣고 처음에는 의아했다. 그가 보았다는 이력서는 아르바이트를 구할 때 쓰려고 작성해둔 것이어서 특별한 내용이 없었다.

나는 안 팔리는 인간이었다. 구직시장에서의 내 가치는 재고의 여지가 없었다. 우선 지방 소재 대학의 사학과 졸업생을 원하는 사람이 아무도 없었다. 거기에 졸업 이후 몇년 동안 아르바이트를 전전하면서 발생한 공백과 간신히 구색 맞추기에나 성공한 것 같은 자격사항 등 몇가지 사유가 더해지자 앉아있을 책상 같은 배부른 소리는 고사하고 차라리 파트타이머를 직업으로 삼아 노년까지 일하는 사례를 타진해보는 게 앞으로의 생존에 더 유리하리라는 판단이 설 지경이었다.

그럼에도 불구하고, 펄님은 나를 사무실 근처의 커피숍으로 불러냈다. 회사에 일이 많아 사람이 오가기에 번다하니 차라리 바깥에서 면접을 보자고 했다. 어딘가 수상쩍다는 생각이 들었지만 나는 금세 마음을 바꾸어먹었다. 그가 나의 보잘것없는 이력을 너그럽게 검토해주었듯이 나 역시 그의 회사를 최대한 긍정적인 방향으로 고려해보리라 다짐했다. 면접을 뭐, 커피숍에서 볼 수도 있고 아무튼 열린 마음을 갖자고.

"실장님. 아니, 아저씨, 이거 다단계잖아요."

그러니까, 나는 면접 장소로 가면서 다단계만 아니면 된다고 생각했다. 다단계만 아니면 무슨 일이든지 긍정적으로, 열린 마음을 가지고 고민해볼 용의가 있었다. 그런데 하필 그는 다단계였고 나는 화가 났으며 서서히 창피했다.

"아직도 우리 회사를 다단계라고 하는 사람이 있네?"

그는 잠시 창밖에 시선을 두었다가 다시 나를 쳐다보았다. 갑자기 손목에 차고 있던 시계를 풀기 시작했는데, 순간 화가 난 그가 나를 때리려는 줄 알고 조금 겁을 먹었다.

"그러면 이걸, 다단계라고 하지 뭐라고 해요?"

"우리 회사 합법이에요. 잘 모르는 사람이나 다단계라고 하지. 엄연히 네트워크마케팅이라고 딱 등록이 되어있거든."

그가 나를 부르는 호칭은 김유민씨에서 아가씨로, 아가

씨에서 다시 학생으로 바뀌었다. 학생이 내 여동생 같아서 하는 소리라면서 그는 빠르게 말했다.

"이력서 보니까 그동안 아르바이트를 많이 했던데."

요즘 젊은이들은 하나같이 눈만 높아서 대기업에 목을 매지만 그의 회사에서는 서류로 증명되는 스펙보다 낮은 곳에서 인내심을 가지고 오랜 기간 일해온 젊은이들의 가능성을 높이 산다고 했다. 온실에서 자라난 것같이 성적만 신경 쓰는 애들은 간담이 작아서 큰일을 함께할 파트너로는 적합하지 않다면서.

"그런 가능성을 알아봐준 데가 우리 말고 또 있었어요?"

솔직히, 없었잖아, 그는 턱을 쓸며 덧붙였다. 기름칠을 해놓은 것같이 민활한 목소리였다. 어디 기업체 같은 곳에 들어가기만 하면 금세 큰돈을 벌 수 있을 것 같냐고 했다. 그냥 톱니바퀴로 살다가 종 치는 건데 그런 인생을 원하느냐고. 그렇게 두기에는 아까운 인재라면서.

"그러지 말고 나랑 행사 하나만 같이 갑시다."

나는 멀뚱히 앉아 테이블 위에 놓인 그의 시계를 봤다. 고가의 물건처럼 보이지만 사실은 저것도 다단계에서 파는 게 아닐까, 따위의 생각을 했다. 그가 대답을 종용하는 동안에도 나는 시계에서 눈을 떼지 않았다. 마침 위층 사는 남자가 노래를 부를 시간이었다. 그다음에는 애가 짖고 개가 울 거였고.

본사 건물은 면접 장소에서 한블록 떨어진 거리에 있는 대형 빌딩이었다. 입구에 줄지어 주차된 차들이 하나같이 심상찮았다. BMW나 아우디는 예사였고 어디 영화에서나 볼법하게 전형적인 빨간 페라리, 차고가 얼마나 낮은 건지 바닥에 거의 붙어있는 것처럼 보이는 부가티가, 왜 여기에…… 의아함이 언뜻 표정에까지 드러났는지 나란히 걷던 그가 내 얼굴을 보고는 픽 웃었다. 차에서 뭘 좀 꺼내가야 한다면서 잠시 기다려달라고 했다.

이 아저씨가, 그러니까, 박실장님께서는 마이바흐를 타는 분이셨다. 그는 조수석에서 꽃다발을 꺼내가지고 왔다. 그러더니 나더러 운 좋은 줄 알라고 했다.

"마침 오늘이 승급식 날이거든. 이거 끝나고 다시 얘기합시다."

아닌 게 아니라 리본 달린 화환으로 로비가 빼곡했다. 화환의 행렬은 안내 데스크 뒤편으로 이어졌다. 행사장으로 통하는 입구인 듯 좌우편의 문이 활짝 열려있었다. 장내는 1층을 전부 활용한 것처럼 넓었고 좌석이 몇천개는 되어 보였다. 그런데 빈자리가 없었다.

펄님은 공중에 흩날리다가 자꾸만 그의 얼굴에 달라붙는 종이꽃을 입으로 후후 불어 떼어내면서 나를 앞줄로 이끌었다. 그러면서 또 한번 내게 운 좋은 줄 알라고 했다.

“보이죠, 여기 사람 많은 거? 원래 임원 아니면 앞자리 못 앉아요.”

갑자기 사방이 어두워졌다. 바닥을 어스름하게 비추던 좌석 안내등까지 전부 꺼졌다. 전면 스크린에 바지 정장을 맵시 있게 차려입은 아주머니 한분이 나타났다.

고급스러워 보이는 저택에서 즐기는 아주머니의 일상에 관한 내용이었다. 그녀는 와인, 벽난로, 정교한 무늬의 태피스트리, 기름을 먹여 윤기가 도는 원목가구, 거품을 채운 욕조 따위의 사물을 차례로 즐기면서 그것들이 가진 인상을 전달하고자 애쓰는 것 같았다. 하단에는 올해의 첫 트리플 다이아 승급식을 안내하는 자막이 달렸는데 하필 영상의 배음으로 오래된 팝송을 쓴 것 때문에 조금 웃었다. 그 노래는 건물 입구에 주차되어있던 페라리처럼 전형적인 데가 있었다.

연단에 서 있던 사회자가 마이크를 들었다.

"지금 이 모습이 누구의 모습이라고요?"

그러자 쥐죽은듯 조용했던 회장 내의 많은 사람이, 입을 모아 답하기를 우리의 모습이라 했다. 사회자가 재차 같은 질문을 하니까 모두가 우리의 모습이라 외치며 환호했다. 더러는 자리에서 일어나 손뼉을 쳤고 카메라가 그런 사람을 골라 차례로 비추었다. 사회자가 올해의 트리플 다이아를 무대로 모셨다. 모두의 환호는 비명에 가까워졌다.

옆자리의 펄님이 내게 무슨 말인가를 했으나 거의 들리지 않았다. 스크린은 이제 무대로 올라오는 아주머니를 비추고 있었다. 그녀는 무대 중앙으로 쏜 스포트라이트 속에서 빛나는 트로피를 받았다. 사회자가 승급 소감을 물었다. 어려웠던 그녀의 과거가 소개되었다. 남편의 실직, 불어난 빚, 출산과 육아로 단절된 경력…… 카메라는 고생 끝에 낙이 와서 환하게 웃는 그녀의 얼굴을 잠시 비추었다.

스크린에는 곧 새로운 영상이 나타났다. 누군가 입구에서부터 인사를 받으며 은행에 들어서고 있었다. 뒤쪽 어딘가에서 대표님이라고 외치는 소리가 들렸다. 대표가 출금 신청서 위에 30억의 금액을 적었다. 나란한 열대의 계수기에 5만원권 다발이 차례로 들어갔다. 지폐 뭉치가 지게차 위에 차곡차곡 쌓였다. 싯누런 돈다발이 정방형으로 쌓여서 주사위처럼 보였다. 영상은 은행 문이 열리고 지게차가 출발하는 것으로 끝났다.

사위가 밝아지더니 여태까지 스크린 구실을 하던 무대 뒤편의 벽이 열렸다. 돈다발을 실은 지게차가 무대 위로 올라왔다. 아주머니는 눈물을 흘렸고 모두의 만면은 황홀했다. 사람들은 아주머니가 우는 것을 보면서 웃었고 더러는 따라 울었다. 모두가 박수를 멈추지 않았다. 펄님은 입안으로 들어오는 종이꽃을 퉤퉤 뱉으면서 휘파람을 불었다. 벽이 닫히자, 카메라는 기다렸다는 듯이 스크린 가득 지폐 다발을 잡았다.

지폐에 그려진 신사임당의 초상과 눈이 마주쳤다. 나는 아, 하고 작게 탄성을 뱉었다.

사람들은 미래에 관해 묻기를 즐겼다. 기억이 시작되는 순간부터 지금까지 모두가 꼭 한번씩은 내게 같은 것을 물었다. 앞으로 커서 뭐가 되고 싶은지, 뭐가 되려고 그러는지. 뉘앙스는 조금씩 달랐지만 하여튼 나는 그런 방면의 호기심에 별다른 흥미가 없었다. 그럼에도 모르겠다거나 없다는 식의 대답을 피해야 한다는 사실만큼은 금방 배웠는데, 아무 대답이나 해서 질문자를 빠르게 만족시키는 편이 늘 서로에게 유익했던 것이다.

괴도 뤼팽이나 천사소녀 네티 같은 대답이 용도 폐기된 이후에도 신사임당은 꽤 오랫동안 써먹었다. 어릴 적 읽던 위인전집에서 골라낸 이름이었는데, 사실은 골랐다고 말하기가 궁색하기는 했다. 애초 참조할만한 인물이 거의 없었다. 그들은 전부 왕이거나 장군이거나 왕의 신하이거나 했는데 내가 그걸 읽을 무렵엔 이미 세상에 빈 땅이 없었다. 더구나 사람들은 현실에 여자 왕이나 여자 장군이 존재하지 않는다고들 했다. 여자가 없기로는 왕의 신하 중에서도 마찬가지였으나 어차피 왕이 없는 세상에서 왕의 총명한 신하가 되는 건 불가능했다.

책에 이름을 올린 스물네명의 위인 중 여자는 딱 두명이었는데, 한명은 유관순이었고 다른 한명은 신사임당이었다. 유관순은 열다섯의 나이에도 불구하고 나라를 지키려 투쟁하다가 끔찍하게 죽었다고 했고 신사임당은 아들을 잘 길러낸 공덕으로 위인이 되었다고 적혀있었다. 이쪽과 저쪽의 손익은 계산해보지 않아도 분명했다. 당시 나는 열두

살이었다. 죽음을 각오하기에 열두살은 너무 어렸다. 그리고 아마도 비슷한 이유에서, 신사임당이라는 대답에 어른들은 납득했다.

트리플 다이아가 되어 6만장의 신사임당을 손에 넣은 아주머니는 행복해보였다. 그녀의 얼굴에 나타난 만족감은 진짜였다. 그게 나를 당혹스럽게 만들었다. 이건 거의 떠먹여주는 수준 아닌가, 사람을 속이려 들기에는 너무 쉽게 짜인 얘기 아닌가 생각했다. 젊은 시절의 고생, 피나는 노력, 가까스로 윤택해진 삶, 그녀의 행복을 떠받치고 증명하는 여러 사물. 그녀의 서사 전반에 걸친 연출이 일관되게 허술하고 조악해서 오히려 모든 것이 진짜처럼 보였다. 나는 펄님의 한쪽 어깨를 잡고 세게 흔들었다.

"저 사람처럼 되려면 어떻게 해야 해요?"

그의 주의를 돌리기 위해 거의 고함을 지르다시피 했다.

보통 많이 헷갈리는데, OEM이랑 ODM이 비슷한데 달라요. 큰 기업이 공장에 외주를 주면 노하우가 어디에 쌓이겠어요? 기업일까요. 공장일까요. 공장이거든. 그런데 이분들이 이번에 제품을 개발했어, 되게 저렴하겠죠. 자기네

설비에 원래 있던 노하우로 찍어낸 거잖아. 거품이 없잖아. 근데 성분이 똑같잖아요, 대기업 화장품이랑 재료가 같은데 가격이 반값이야. 이거는 완전 물건인 거죠…… 는 사실 거짓말이었다. 그런데 멈출 수가 없었다.

"간단하게 데모 하나 보여드릴게요."

"데모요?"

"아아니, 님들이 하는 거 말고요. 데모 말고, 짱돌 드는 거 말고. 실험. 데몬스트레이션."

빨간 왕녀와 황금색 호랑이가 가까이 다가앉았다. 나를 총학생회 사무실에 데려다놓은 선희는 일부러 자리를 비켜준 건지 아까부터 보이질 않았다. 덕분에 분위기가 살았다. 쉬지 않고 주절주절 떠들면서 빈 약병에 제품과 물을 반씩 섞어 흔들었다. 학생들에게 약병을 돌려 물에 완전히 녹은 화장품을 확인시켰다.

"화장 지울 때 짜증나죠. 안 지워져서. 근데 이거는 가격에도 거품이 없는데 물에 섞어도 거품 없이 그냥 녹네."

둘러앉은 학생 사이에 약병이 한바퀴 돌고 나자 몇몇 사람이 가격을 물어왔다. 아, 근데 이게…… 하고, 나는 잠시 망설이는 척했다.

"저희가 영세하다 보니까 단품으로는 팔아봐야 남는 게 없어가지고."

구성품을 읊으며 딱 필요한 제품만 골라서 세트로 냈다는 이야기에 가격 정보를 슬쩍 섞어넣었다. 그래도 비싸다는 반응이 대부분이었다.

여러분이 아직 학생이고 동생 같아서, 나는 쉬지 않고 거짓말을 했다. 지금이야 화장을 안 해도 좋을 나이지만 여러분이 조금 더 커서 사회에 나오게 되면, 여러 브랜드를 섞어서 쓰는 것보다 제대로 된 화장품 라인 하나를 세트로 사서 쓰는 게 피부에도 좋고, 이렇게 저렇게 소모되는 비용이며 시간을 계산하면 결과적으로는 이게 이득이라고,까지 말했을 때 드디어 결제방식을 묻는 사람이 나타났다.

나는 속으로 외쳤다. 펄님, 오늘 골드 보내드립니다.

"사실은 저희 제품에 회원가가 따로 있거든요."

아무래도 학생들인데 제값을 다 받기는 미안해서 말해주는 거라고 시치미를 뗐다. 입으로는 저희 직장에 경력이 단절된 어머님들이 많아가지고 그분들에게 기회를 주기 위함이라는 명목을 운운하면서, 속으로는 명함을 넉넉히 가져올걸 그랬다고 후회하고 있을 때였다.

"김유민."

누군가 나를 불렀다. 선희였다. 문가에 선 그녀가 저승사자 같은 표정으로 잠깐 밖에서 얘기 좀 할까, 했다.

"이게 네 일이야? 이게 너네 코스고?"

학관에서 멀리 떨어진 곳까지 나를 잡아끌다시피 한 선희가 별안간 내 팔을 탁 놓더니 말했다. 이거 다단계 맞지, 덧붙이는 것도 잊지 않았다. 어떻게 하지, 재빠르게 머리를 굴렸으나 답은 나오지 않았다. 다단계가 아니라 네트워크 마케팅 회사라고 정정해보았으나 도리어 그녀의 화만 돋우고 말았다. 나는 뻔뻔해지기로 했다.

"네가 아까 괜찮다고 했잖아."

선희는 턱이 떨어질 것처럼 입을 크게 벌렸다가, 한 손으로 이마를 짚더니 그대로 마른세수를 했다. 그리고는 물었다.

"내가 안 막았으면 어쩌려고 했어? 그다음엔?"

"그게 왜? 걔들도 나처럼 노력하면 그만큼 벌 수 있어."

그녀는 나를 한참 노려보다가 입을 열었다.

"내가 네 밑으로 들어가면, 네가 돈을 버는 거지?"

왠지 아니라고 말해야 할 것 같았다. 하지만 딱히 속을 것 같지 않았기 때문에 얌전히 고개를 끄덕였다. 그녀는 나한테서 산 물건을 다 쓰거나 판 다음에 다시 구매하면, 그때도 내가 돈을 벌게 되는 거냐고 재차 물었다. 그런 일은 웬만해선 벌어지지 않을 테지만 그렇게 된다면야 더 바랄게 없을 것 같았다. 그래서 그렇다고 했다.

"왜? 너는 뭐 하는 사람인데 내가 일한 대가를 네가 받아?"

뜬금없는 타이밍에 이유를 묻는 것도 습관이 되는 걸까. 나는 잠시 머뭇거렸다.

"모든 유통에는 원래……"

"나는 본사랑 직접 거래하고 싶은데 왜 네가 끼어?"

"내가 본사의 일부야. 너는 나한테 물건을 받아서 영업을 하는 거고."

"그럼 회사에서 너하고 나한테 월급을 줘? 영업사원이니까?"

나는 회사에서 물건을 떼다 파는 개인 사업자 신분이지 회사와 고용 관계를 맺은 건 아니었다. 그러면 어째서 얘기가 그렇게 되느냐고 선희는 따졌다. 사업을 하겠다는 사람이 이미 마진이 붙을 대로 붙은 물건을 떼다가 되파는 경우가 어디에 있느냐고. 나 역시 어째서 그게 그렇게 되는지 잘 모르겠다는 생각이 들기 시작했으므로 나 때문에 골치가 아플 적마다 펄님이 취했던 태도를 따라 했다. 나는 아아아아니, 좀 들어봐, 하고 운을 뗐다.

“그게 이 사업의 좋은 점이잖아. 너도 네 밑에 라인을 두면 나처럼 벌 수 있다니까?”

“왜? 왜 그런 식으로 돈을 벌어야 하는데.”

선희가 잠시 숨을 골랐다. 화를 참으려고 애쓰는 기색이 역력했다. 다단계를 해서 누군가 돈을 번다는 소리는 결국 그 밑에 아무 대가도 받지 못하는 사람이 꾸준히 채워지고 있다는 얘기 아니냐고 했다. 나는 뒷머리를 벅벅 긁었다. 사실이었으니까. 내가 펄님처럼 되려면 펄님처럼 되고 싶은 나 같은 애 두명을 내 밑에 깔아야 했으니까. 선희는 내게 화를 내면서 동시에 내 편을 들고 있었다.

그러나 어떻든 나는 계속해서 나일 거였다. 나는 결국 나로 가능했던 모습과 상황의 충실한 모조에 지나지 않으므로. 옛날의 내가 나여서 내린 결정을 지금의 내가 여전히 나인 채 번복하거나 반성할 수는 없는 노릇이었다. 결국 그녀는 내 면전에 대고 내가 아닌 선택을 해야 했다고 주장하고 있는 것밖엔 안 됐다.

"너는 내가 그만둬야 한다고 생각하는 거지?"

"아니야. 그건 네가 생각할 문제지."

선희의 목소리가 전에 없이 찼다. 그녀는 내가 어떤 사람인지 묻고 있는 것뿐이라고 했다. 그러면서 이게 정말 내가 선택한 일인지를 궁금해했다. 그러자 내게는 더이상 대답할 말이 남지 않았다. 아무렇게나 지어낸 대답도, 모르겠다거나 없다는 대답조차, 선희에게는 통하지 않으리라는 사실을 깨달았기 때문이었다. 선희는 내가 누구냐고 했다. 술이나 한잔하러 갈래, 나는 선희에게 물었다.

우리는 각자 원하는 만큼 고주망태가 되었다. 그다음에는 집에 가겠다는 선희를 붙들어서 내가 사는 곳에까지 끌고 왔다. 붙들린 선희는 집에 오는 내내 투덜거렸다. 다단계를 다녀서 그런지 사람을 집에 못 가게 하는 재주를 익혔다는 식이었는데 집 안으로 들어오고 나서는 금방 조용해졌다. 구석에 천장 높이만큼 쌓인 제품 박스 때문이었다.

그녀는 잠깐 대단히 곤란해보이는 얼굴을 하고 천장만 멀거니 쳐다보다가, 박스 몇개를 내려서 바닥에 나란히 붙여두었다. 곧이어 그 위를 테이블 삼아 술상을 차리기 시작했다. 편의점에 들러 술을 더 산 건 역시 잘한 선택이었다. 몇차례 잔이 돌고 나자 그녀가 입을 열었다. 쌓아둔 박스를 다 어떻게 할 생각이냐고 했다.

"뭘 어떻게 해. 쓰든지, 팔든지."

어차피 그런 건 술이 깨고 난 다음에나 생각할 문제였다. 오늘은 아침까지 취기가 가시지 않았으면 했다.

"환불은 안 돼? 내가 같이 가줄 수 있는데."

선희는 자기가 환불 화장법에 일가견이 있다면서 웃었는데, 아무래도 집에 오기까지 면박을 줬던 게 미안해 그러는 듯싶었다. 슬쩍 박스 더미를 훑어보았다. 지하철 같은 데 들고 가서 팔면 팔리나, 생각하다 에이, 다 집어치우지 싶기도 했다. 아무래도 좋을 것같이 모든 것이, 아무렇지도 않았다.

"쓰면서 팔든지. 팔다가 남으면 쓰든지."

심드렁한 목소리가 선희에게 위안이 되기라도 한 것처럼 그녀는 말없이 나를 마주보았다. 우리는 각자의 잔에 술을 채웠다. 그녀가 퍽 은근한 목소리로 운을 뗐다. 아까 보여준 실험이 진짜냐고 제품이 진짜로 그렇게 좋으냐고 물었다. 웃음이 나왔다.

"너는 뭐 여성운동? 그런 거 한다고 하지 않았냐."

이번에는 그녀 편에서 아아아아니이, 소리가 나왔다. 그녀는 빈 잔을 멀뚱히 보고 있다가 말했잖아, 툭 내뱉었다.

"원하지 않는 사람한테 아무 이유나 붙여서 의무인 것처럼 굴고, 세상이 원래 그렇다는 식으로 말하는 게 싫은 것뿐이야."

나는 그녀의 잔을 채웠다. 아직은 술도 밤도 넉넉했다.

"솔직히 써보니까 괜찮긴 괜찮더라."

나는 바닥에 깔린 화장품 박스를 탁탁 두드렸다. 지금 화장도 이 제품으로 한 거라고, 온종일 바깥바람을 맞으며 돌아다녔는데 하나도 안 무너지지 않았느냐고 하니까 그러냐, 정말 그러네, 나도 하나 살까, 하면서 그녀가 맞장구를 쳤다.

"근데 아까 보여준 건 뻥이야. 원래 화장품은 물 넣어서 섞으면 녹아."

선희는 흰 눈으로 나를 한참 노려보다가, 배우가 되는 건 어떠냐고 했다. 나는 조금 멋쩍어졌다.

"오늘 왜 나한테 이렇게까지 했어?"

선희는 시선을 먼 데 두고 귀밑을 긁다가, 내가 좀 오지랖이 넓지…… 하고 무안해했다. 그러더니 사실은, 그때, 너 머리 밀렸을 때, 말해놓고 또 뜸을 들였다.

"내가 그 선생님 못 말렸잖아."

그날 문간에 서서 쳐다보고만 있었던 게 잊히지가 않더라고. 바보 같은 이야기였다. 머리카락은 어차피 그냥 두면 자라게 마련인데.

넌 항상
바깥에 있고

초인종이 울렸다. 손님이 오기엔 이른 시간이었고 막 시술용 침대에 랩핑을 시작한 참이라 성가신 마음이 앞섰다. 택배를 시킨 일도 없고, 이 동네 외판원은 멸종한 지 오래고, 종교 권유나 받으려는가 싶어 한동안 못 들은 척했다. 초인종 소리는 금세 멎었다. 곧바로 문 두드리는 소리로 이어졌다. 종종걸음으로 현관에 나갔다. 걸쇠를 푸는 동안에도 바깥의 사람은 끊임없이 노크를, 노크라 말하기 민망할 수준으로, 숫제 부수듯 했다. 도대체 어떤 인간이…… 짜증스럽게 중얼거리며 문을 열자 왼손을 치켜든 레미가 서있었다. 오늘의 고객님인 그가, 성난 눈을 마주하고도 싱긋 웃었다.

"왜 이렇게 빨리 왔어?"

"일단 받아요."

레미가 오른쪽 옆구리에 끼고 있던 귤 상자를 떠안겼다. 상자를 부엌에 가져다놓는 사이 성큼 안쪽으로 들어선 그는 자기 집에 오기라도 한 것처럼 목도리를 풀어 바닥에 팽개쳤다. 외투며 짐가방까지 전부 내려놓은 그가 작업실 안으로 들어갔다.

"누나! 요즘 되게 괜찮은 밴드 나왔는데 들어봤어요?"

그의 말에 답할 사이도 없이, 작업실 안에서 뻔하다 못해 지겹기까지 한 기타 리프에 생소한 멜로디를 끼얹은 그저 그런 프로그레시브 밴드의 음악이 재생되기 시작했다. 비닐을 씌우다 만 시술 침대에 걸터앉아 두 발을 까닥이던 그가 밖으로 나와 냉장고 문을 열었다.

"맥주 마셔도 돼요?"

관자놀이 부근을 지그시 눌러 두통을 잠재웠다. 레미는 비 오는 날 같았다. 그냥 비가 아니라 장대비 같은 애였다.

그가 오는 날이면 온종일 정신이 없었다. 특별히 가당찮은 일을 저지르는 인간이 아닌데도 그랬다. 나는 이러한 현상을 이 애 특유의 존재감 때문이라 해석했다. 그에겐 가만히 있어도, 저절로 주의를 끄는 능력 같은 게 있는 듯했다. 곧 무슨 사고가 일어나리란 그리고 나 또한 끝끝내 관찰자 내지 관조자로만 남아있을 수는 없으리란 생각이 들었다. 요컨대 레미는 언제고 반드시 그에게 휩쓸리고 말리란 예감이 들게 만드는 애였다.

레미에게서 맥주를 빼앗아 냉장고 안에 되돌려놓았다.

"작업 전에 술 마시지 말라고 했잖아."

"어제 한방울도 안 마셨는데."

레미가 얼굴을 찌푸리며 대답했다. 작업실 문턱을 밟고 선 채 그에게 들어오라 손짓했다. 이번에는 그도 순순히 따라 들어왔다. 나는 그가 방 안에 들어올 수 있도록 살짝 비켰다가, 그를 구석에 놓아둔 의자에 앉히는 데 성공했다. 시술 침대와 테이블에 비닐을 마저 둘러씌우고 바늘을 꺼내 확인하는 내내 그는 고맙게도 잠잠했다.

"선불이야."

"입금하고 왔거든요? 누나 진짜 정 없다."

별다른 대꾸 없이 침대를 탁탁 두드렸다. 그가 냉큼 자리를 잡았다. 좀 전까지 보이지 않던 흉터가 불빛을 받고 도드라졌다. 왼쪽 눈 밑을 길게 타고 들어간 상처는 연분홍색이었다. 상처에 손끝을 대자, 레미는 순한 개처럼 눈을 감았다.

"큰 상처였겠는데."

"이게요, 누나."

레미의 얼굴에서 슬그머니 손을 떼면서, 나는 괜한 말을 꺼냈다고 후회했다. 그가 무슨 얘긴가를 하고 싶어 죽겠다는 표정으로 고개를 바짝 치켜들었던 것이다. 손바닥으로 그의 이마를 눌러 침대 위에 되돌려놓았다. 나는 하면서 듣자, 하면서, 탄식처럼 내뱉었다.

그날 레미는 집요하게 울리는 휴대전화 소리를 듣고 잠에서 깼다. 차드였다. 근데 그 새끼가 저한테 대뜸 신발 어딨냐고 그러는 거예요, 그가 언성을 높였다. 나는 그의 왼팔을 살짝 눌러 바늘이 비껴나가지 않도록 했다. 그는 다시금 그때의 상황을 전달하는 일에 집중했다.

"야, 내 신발 어쨌냐?"

"미쳤냐? 니 신발을 왜 나한테서 찾냐."

차드는 이런저런 얘기를 했다. 아마도 신발에 관한 얘기였을 텐데, 그는 하나도 듣지 못했다. 한참이 지나서야 날짜며 날씨며 장소에 대한 감각이 하나씩 되돌아오더라고. 그렇지, 내가 어제 이 새끼하고 술을 마셨는데…… 천장 무늬를 세면서 레미는, 그래서 씨발 무슨 일이 있었더라…… 생각했다.

그는 제일 먼저 골목의 밤공기를 떠올렸다. 그날 저녁은 춥다 못해 뼈가 시렸다. 숨을 들이켜면 몸속이 얼어붙는 듯했다. 두 사람은 먼 데까지 둘러볼 엄두를 내지 못하고 골목 초입에 자리한 포차엘 들어갔다. 거기서 1차를 하고, 차수를 거듭할수록 길의 안쪽으로, 안쪽으로 흡사 끌려들어가듯 했다.

차드가 멋대로 떠들도록 내버려둔 채 간판이 다닥다닥한 골목길의 기억을 더듬다가, 한순간 그는 어? 했다. 기억이 딱 끊겨버린 거였다. 세상의 빛을 다 끌어다가 가둬놓은 것처럼 환한, 그래서 충분히 어두운 골목길 한가운데서 레미는 차드에게 오지게 춥네…… 말했고 그다음의 일부터가 까맣게 지워져있었다.

"아무튼 그래서 내가 지금 병원에 있거든?"

"어제 우리 오쭈 먼저 갔냐?"

차드는 잠깐 고민하는 듯하더니 확신 없는 목소리로 답했다.

"오땅 아니냐? 아니, 지금 그딴 게 중요하냐? 나 병원이라고, 새끼야."

"오땅? 너 병원이라고?"

"여태 안 듣고 뭐 했냐? 또 딴생각했지?"

근데요 누나, 그 새끼는 진짜 매번 그런 식이거든요, 사람을 아주 개 잡듯이 잡는다니깐요? 분명 그 전날 다 같이 술을 사발로 마셨는데 연습 못 나가면 지랄하고…… 가끔 기집애같이 구는 것도…… 나는 계집애 같은 게 뭔데, 뭔데, 말하면서 레미의 이마를 탁탁 때렸다.

하여간에 그가 차드에게서 전해 들은 얘기는 가관이었다.

"깼는데 다리가 아파서 병원에 왔거든? 왼쪽 다리가 뿌서진 거같이. 근데 뿌서진 건 아니고, 금갔대."

"금간 게 뿌서진 거지, 너는 진짜 답이 없다."

레미는 킬킬거렸다. 차드는 마지못해 수긍했다.

"아무튼 와. 이왕이면 내 신발도 좀 찾아가지고 와라."

"몰라, 미친놈아."

차드와의 통화를 끝마친 그는 천천히 자리에서 일어났다. 머리가 깨질 듯했다. 고개를 몇번 좌우로 흔들자 랙 먹은 게임처럼 행동보다 감각이 한 템포 더뎠다. 그는 조심스럽게, 두 발을 바닥에 디뎠다. 다리에 슬쩍 힘을 줘봤다. 부러진 덴 없는 듯했다. 웃음이 절로 튀어나왔다. 세상에 참 별스러운 놈이 다 있지, 그런 새끼랑 내가 친구라니, 생각하며 욕실로 갔다. 멀끔한 사람 꼴로 가서 잔뜩 놀려줄 계획이었다. 수도꼭지를 비틀어 열고 거울을 봤다. 곧바로 그는 차드와 자신이 친구인 이유를 이해했다. 얼굴 반쪽이 완전히 갈려있었던 것이다.

두 사람은, 모두 멀끔과는 거리가 먼 꼴을 해가지고서, 외과 대기실 의자에 나란히 앉았다. 차드는 왼쪽 다리에 깁스를 두른 채였고 옆에 앉은 레미는 오른쪽 얼굴을 깁듯이 꿰매야 했다. 그가 깊은 한숨을 쉬었다. 어제 일 진짜 기억 안 나냐? 묻고, 연이어 차드가 너는? 했다. 그 새끼가 진짜 웃긴 게요…… 그가 말했다. 다리에 금이 간 상황에서도 신발을 찾더란 거였다.

"상태가 이 지경인데 그게 궁금하냐?"

레미가 반쯤은 농담으로, 남은 절반쯤엔 한심함을 담아 묻자 차드가 답했다.

"조던이니까 그렇지."

"븅신이."

"너도 마찬가지거든, 븅신아."

차드의 지적에 대해서 레미는 마땅히 할 말을 찾지 못해, 그래도 난 뼈는 멀쩡하거든, 했다.

나는 레미에게 어디서 넘어진 거 아니냐고 물었다.

"친구들은 자전거 타다가 그런 거 아니냐고 하는데."

"자전거를 타?"

"근데 저는 안 타요. 아무리 취했어도 탔을 리가 없거든."

어느 날 음악하는 인간들이 모인 술자리에 참석했을 때의 얘기였다. 그는 좌중에 말을 보태기보다 사람 구경을 하느라고 바빴다. 그 자리엔 경력이 오랜, 이제는 거의 전설 취급을 받는 기타리스트도 있었다. 레미는 그를 인디판의 화석이지만 실력이 꽤 괜찮은 편이라고 평했다.

"거기 뭐 밴드로 돈 좀 만지는 애들이 끼어있었는데. 기타 하는 형이 뻥 안 치고 세시간 내내 걔들한테 상소릴 했어요."

그런 유의 자리에선 잔이 오가는 만큼 기 싸움도 거세지기 마련이라고 했다. 그 사람이 했던 말을 레미는 내게 미주알고주알 늘어놓았으나, 요약하자면 일찍 돈맛을 본 애들은 록의 정신을 발톱의 때만큼도 모르는 데다 관심조차 두질 않는다는 거였다. 음악으로 시작해서 헝그리로 끝나는 설교가 이어지는 내내 듣는 축은 네, 형, 맞습니다, 부끄럽습니다, 했다. 하여 술자리는 싸움을 기대했던 이들에겐 퍽 아쉽고 싱거울 만큼 평화롭게 파했다.

"근데 술 다 먹고 나오는데요. 술집 앞에 벤츠가 와서 딱 서요. 것도 신형이."

가게 앞에 모여 인사를 나누던 사람들 사이에 조용한 동요가 끓었다. 세시간 내내 부끄러웠던 그 애들은 록의 정신을 몰라 면목 없고 송구하다는 듯 고개를 조아려 인사하더니, 벤츠를 타고 사라졌다.

"웃긴 건요, 그 전설 같은 형이, 자전거를 타고 가더라고요."

"자전거를 탄다고 비웃는 건 약간 실례가 아닐까."

"그냥, 자전거가 모든 걸 웃기게 만드는 거죠."

나는 한참 동안 키득거렸다.

레미의 팔뚝에 바셀린을 발라 새겨넣은 선을 확인했다. 외곽선 작업이 아직 절반가량 남아있었다. 그가 의뢰한 그림은 좀처럼 그 의미를 짐작할 수 없었다. 뫼비우스 띠의 곡선이 겹치는 자리에서부터 솟구치는 화살표가 주를 이루었는데, 화살표를 직각으로 가로지르는 두개의 직선 덕에 좀 덜 성기처럼 보이기는 했지만 전체적으로 냉정히 말해 성기처럼 보이는 그림이었다.

"이건 무슨 그림이야?"

"레비아탄 크로스요. 젊은이는 혁명을 좋아하니깐."

레비아탄이 혁명이랑 무슨 관계냐, 물으려다 관두었다.

"아무도 그날 무슨 일이 있었는지 모르는 거야?"

그가 선선히 고개를 끄덕거렸다. 속을 가늠하기 어려울 만큼 까만 눈이 느리게 깜박였다. 가만히만 있으면 신사적인 개 같다고 느끼게 하는 애였다. 그냥 개라기엔 너무 비참하고, 또 그냥 신사적이라고 하기엔 인류의 신사들이 비참해지는. 레미를 잘 모르는 사람에게 대고 그 신사적인 개라는 게 말입니다, 이러이러한 거예요, 설명하긴 힘들지만 기이하게도 그의 이름을 부른 다음에 신사적인 개, 라고 중얼거리면 마법처럼 그래 맞아, 걔는 신사적인 개야, 납득하게 됐다.

"나는 가끔 너를 길러낸 게 뭔지 궁금해."

"지금 무슨 생각하는지 아는데요, 저도 이런 적은 처음이에요."

처음이라구요, 술한테 처녀를 빼앗긴 기분이라구요, 능청 떠는 레미의 팔뚝을 부러 바늘로 지지듯 했다. 앞머리에 잉크를 묻히느라 작업이 잠시 중단된 틈을 타 그가 몸을 뒤틀며 아프다고 비명을 질렀다. 법석을 떠는 통에 페달 밟는 타이밍을 놓치고 말 정도였다.

"왜 그런 말을 해? 진심도 아니면서."

"진심이 아니니깐."

대꾸할 말을 찾느라 잠시 머뭇거리던 나는, 곧이어 진심이 아닌 것만큼 레미하고 잘 어울리는 게 없다는 사실을 받아들였다.

그는 고등학교에 다닐 무렵부터 학업에는 별달리 뜻이 없었다. 하여 대학진학률이 70%를 웃도는 대한민국 사회에선 이례적일 만큼 빠르게 진학을 단념했다. 그러나 고작

해당 연령층의 30% 안에 속했다는 사실만으로 이례적이라 말하긴 어렵겠고, 입시 대신 친구들끼리 록밴드를 결성하는 일을 택했다는 데까지 오면 그와 같은 인간은 다소간 희귀해질 거였다. 그는 형편없는 기타 실력을 갖춘 채 그보단 좀 나은 수준인 베이시스트로서 활동을 시작했다.

연습이 없는 날엔 동네 주점에서 돈을 버는 모양이었다. 어느 날인가, 아마 레미의 쇄골에 문장을 새기던 때였을 것이다. 요즘은 뭘 하고 지내? 묻자 그는 술집 작부죠, 했다. 그의 입에서 튀어나온 말이 어색해 고개를 들었다가 예의 그 까만 눈과 마주쳤다. 그의 눈 속에서 나는 얼마간의 의기양양함과, 그러니까, 내가 이렇게 말을 했는데 너는 이제 어떻게 할래, 같은 느낌의 배짱과 그것과는 정반대로 상대의 면면을 살피는 듯한 조심스러운 시선을 발견했다. 의도한 것도 아닌데 좀 부끄러워졌고, 곧이어 그의 눈에 깃든 이러한 종류의 모순이 그를 지탱하는 힘이겠거니 생각했다.

나는 그 눈에 대한 맹신을 떨치기가 어려웠다. 진지해지길 두려워하는 만큼 매사에 진지한 인간이란 인상을 받아버린 터였다. 하여 너는 술집 작부가 아니라 실력이 형편없는 베이시스트야, 하려던 말조차 쑥 주워섬겼다.

"아무튼, 하룻밤이 통째로 삭제된단 게 말이 돼요? 기억이야 하면 나겠지 했죠. 집에서 머리통 붙잡고 앉았다가 거울을 또 봤는데, 엉뚱한 게 생각나더라고요."

"엉뚱한 거?"

네, 완전 옛날 일, 대답한 레미가 천장으로 시선을 둔 채 말을 이었다.

"제가 꼬마였을 땐데…… 그게 기분이 완전 이상하데요, 꼭 그때 저하고 눈 마주친 기분 들어서. 걔가 저를 보고 있는 거 같아요, 앞으로 어떻게 될지도 모르고 멍청하게 서 있던 제가……"

기계 바늘이 진동하는 소리에 그의 목소리가 섞여들었다. 꼬마인 그가 집 앞 공터에 서있다. 글러브도 없이 야구공만 덜렁 든 채였다. 공터는 당시 그가 살던 다세대주택과 맞은편 주택 사이에 있었다. 사방이 담으로 가로막힌 그곳은, 집을 허물어낸 자리라기보단 그냥 여기저기 집을 짓다 보니 엉겁결에 남은 터에 더 가까운 것 같았다. 제 기억엔 꽤 넓었는데, 왜 그렇게 방치해뒀는지 모르겠지만요…… 지도에서 잘 안 보였나? 그는 말했다.

"아무튼 옛날에 거기서, 맨날 같이 놀던 누나가 있는데."

여자애 머리치곤 너무하다 싶을 만큼 짧은 고수머리를 한 애가, 레미의 맞은편에 배트를 든 채 서있다. 그 앤 처음 알았을 때부터 한쪽 다리를 심하게 절었다고 했다. 생각해보면, 그가 말했다. 그 누나가 진짜 누나였는지도 모르겠어요. 그냥 왜 그런 거 있잖아요, 절름발인데 열심히 노네, 잘 웃네, 남들처럼 화도 낼 줄 아네, 그러다 보니깐 왠지 몇살이냐곤 못 묻겠고 꼭 누나라고 불러야 할 것 같고.

야구공을 든 꼬마인 레미가 절름발이 누나에게 외쳤다. 누나, 누나는 못 달리니깐 홈런을 쳐야 해, 홈런 치면 걸어도 이겨. 꼬마인 그가 오케이? 하자 절름발이 누나가 오오케이! 했다. 꼬마인 그가 야구공을 던졌다. 여자애가 눈을 질끈 감고 배트를 휘둘렀다. 땅, 하고 공이 배트에 가 맞고, 맞은 공은 허공을 가로질러 담을 넘고, 이층 양옥의 지붕도 넘어서, 멀리멀리 날아갔다. 꼬마인 그가 입을 딱 벌리고 선 채 공의 궤적을 쫓고, 공을 친 그 여자애는 절름절름 홈을 밟았다.

"일단 한번 생각나니깐 시간이 멈춘 것처럼, 공이 날아가는 장면이 머릿속에서 떠나질 않더라고요? 그게 어디까지 갔는지 궁금하기도 하고. 하늘을 뚫고 올라간 거 아닌가, 하니깐 또 제가 그걸 실제로 본 거 같기도 하고. 아직도 하늘을 돌고 있을 거 같은 거예요, 그 야구공이."

그가 입을 다셨다.

"이거 그래서 새기는 거예요."

"벤츠 타려고?"

"쉐보레 콜벳으로요. 그 정도는 록의 정신에 위배되지 않을 것 같고."

사실 록의 정신은, 음악으로 돈을 많이 버는 데 있지 않을까. 레미의 얘길 들은 탓인지 록의 정신,이라고 읊조려봐야 쓸쓸해지기만 하고. 자본에 반대하는 것에 반대하는 것도 나쁘지 않은 것 같고. 꼭 하고 싶은 일을 하려는 사람들에게 가난을 감수하는 비장미까지 강요할 필요가 있는 건가, 싶고. 잠깐 천장을 멀거니 보면서 눈알만 굴리던 그가 대뜸 나를 불렀다.

"청년으로 사는 건 어떤 기분이에요?"

"그게 무슨 소리야? 그러는 너는 어떤 기분인데."

"아니, 그게 아니고. 뉴스 같은 거 보면, 그런 걸 챙겨본단 뜻은 아니고요. 청년 하면 대학생 뭐, 취준생 이런 느낌이니깐. 나는 대학생은 아니잖아요? 그쪽도 많이 빡세요?"

레미가 그쪽도,라고 말하는 바람에 기분이 팍 상했다. 70%엔 70%의 세상이 있고, 지도에서 깜빡 잊힌 공터엔 또 거기만의 세상이 있고…… 사람 일이 그렇게 되나? 너랑 나랑은 다른 세상 사람이란 얘길 하고 싶은 건가, 생각하다 제대로 된 대답을 포기했다.

나 역시 세상의 중앙을 차지한 건 아니었다. 대학을 졸업해 청년실업자 통계에 잡힌단 것 빼고는 별달리 나을 것도 다를 것도 없이 가까스로 경계의 안쪽이었다. 나는 부디 무심히 들리길 바라면서 그에게 다 똑같지, 다르겠어, 내뱉었다. 갑자기 레미의 팔뚝이 움찔 떨렸다.

"아팠어?"

"살살 해요."

"선 따는 거랑, 색 넣는 것 중에 뭐가 더 아파?"

"빰 맞는 거랑 명치 맞는 거랑 다른데, 아프긴 둘 다 아프죠."

미간을 좁힌 채 잠깐 생각하던 그가 말했다. 그렇지, 나는 중얼거렸다.

"그래도 이거 받을 때 기분 좋지 않아?"

레미는 대번에 겁에 질린 표정이 되었다. 재빨리 외곽을 마무리한 다음, 페달을 밟아 기계를 껐다. 그가 또 죽겠다고 고함을 쳤다. 팔뚝에 바셀린을 문질러 발라주었다.

"S에요, M이에요? 둘 중 하나만 정확히 딱 해요."

"자꾸 쓸데없는 소리 할래?"

"세상에 쓸데없는 소리 같은 건 없거든요?"

"잠깐만 쉬었다가 색 넣자. 귤 먹을래?"

"내가 사온 건데 왜 누나가 물어봐요."

한마디 지는 법이 없지. 머신에서 바늘을 뽑았다. 바구니에 귤을 옮겨 담는 동안 그는 책상 앞에 앉아 새로운 노래를 골랐다. 바구니를 건네자 냉큼 껍질을 까더니 입에 쑥 욱여넣었다. 먹는 품이 달고 시원해 보였다. 나도 곁에 앉아 하나 골라 집었다. 어느새 선곡도 관두고 내 쪽만 멀거니 쳐다보고 있던 그가 말했다.

"나는 귤 먹을 때 속껍질 다듬는 사람 싫은데."

"그래, 지나치게 얍삽해보이지."

"근데 누나는 왜 그래요?"

약삭빠른 사람으로 보이고 싶어서, 답하자 그는 아, 하더니 그건 좋네요, 했다.

레미의 살갗은 희고 연하고 부드러워 편안했다. 팔뚝의 피를 닦아내면서 새삼 그가 작업하기에 좋은 상대임을 실감했다. 이만하면 통증도 잘 참는 편이고 뭘 그려넣어도 무리 없이 새겨질 살성이었다. 감탄을 담아 도색을 시작하려는데 그가 예의 누나 얘길 다시 꺼냈다.

"아무래도 그 누나가 다리가 그러니깐 둘이서 인형놀이를 제일 많이 했거든요."

꼬마였던 레미와 그 애가 한 일이라 봐야 잡풀이 무성한 공터에서 놀았던 게 전부지만, 그 앤 늘 노란색 비닐봉지에 인형용 가구며 집기를 잔뜩 담아들고 와서 레미의 왕자님이나 남편을 자처했다. 웃기지 않아요? 내가 남잔데, 그때는 여자 인형이 제 차지였다니깐요, 그가 웃으며 말했다. 절름발이 여자애가 어떤 역할을 선택하는가에 따라 레미의 지위는 달라졌다. 어느 날은 여왕님이었다가 다음날은 부모에게 버림받은 거지 소녀가 되기도 하고.

"그 누나는 되게 훌륭한, 뻥쟁이였어요."

"뻥쟁이? 잠깐만, 얘기하는 건 좋은데 팔은 움직이지 마."

놀이를 시작하기 전에 레미와 그 앤 이야기의 세세한 점들까지 합의하는 시간을 거쳤다. 남자가 이렇게 하면 여자는 이렇게 해야하는 거다, 라고 하는 규범적인 것부터 시작해 두 사람은 인형 간의 관계에서 발생할 수 있는 모든 돌발 사태들을 제거하려고 노력했다. 그렇게 하나의 세트가 완성되고 나면 각자의 배역에 충실할 일만 남았다.

그 공터에서 흔한 것이라곤 벽돌과 유리 조각, 애기똥풀 등속의 잡다한 것뿐이었으나, 시간이 가는 줄도 모르고, 언제나 해가 꼬박 넘어갈 때까지 두 사람은 놀았다. 돌이켜보건대 레미는, 그 누나에게 다른 놀이 상대가 없다는 사실이 두 사람을 가까운 친구로 만든 것 같다고 했다. 사정이 그렇고 보니 어떤 면에서 그는 그 누나의 장애를 좋아했던 것 같다고도 했다. 그날그날 인형의 역할을 정하는 것처럼, 어쩌면 누나하고 자기가 친구였다곤 할 수 없는지 모른다고.

"아무렴 그럴 리가, 그렇게 친했는데."

"그게."

그가 난처한 듯이 말끝을 흐리더니 머쓱한 표정을 지었다. 어느 날 문들을 지나쳐 안쪽으로 들어가는데, 등뒤에서 문이 열리고 여자애네 어머니가 레미를 불렀다고 했다. 문은 그녀의 얼굴을 간신히 확인할 수 있을 정도로만 열린 채였다. 가느다랗고 긴 팔이 열린 문틈을 비집고 나와 뒷덜미를 틀어쥐지 않을까 떨면서, 그는 그녀가 나와앉은 문 앞까지 되돌아갔다.

그녀는 두 사람의 놀이를 끝내는 역할을 도맡고 있었다. 언제나 집 안에서만 생활하는 듯 유달리 온몸이 희었던 그녀가 저물녘만 되면 그늘진 처마밑에까지 나와 애처롭게 딸을 불렀다. 그럴 때면 꼭 새가 우는 것 같았다고 레미는 회상했다. 두 사람이 마당으로 통하는 담장을 넘을 때면 그녀는 언제나 그의 얼굴을 뚫어져라 쳐다보고 있었다.

하여 그는 자기가 미움받는 줄로만 알고 있었는데, 웬일인지 그날은 그의 머리를 쓰다듬어주기까지 했다. 뒤이어 노란색 비닐봉지 하나를 쥐여주더라고 했다. 그는 그게 뭔지 한눈에 알아볼 수 있었다.

집에 들어온 레미가 엄마를 소리쳐 불렀다. 무슨 일이니, 하고 나온 엄마 앞에서 신이 난 그가 봉지를 거꾸로 잡고 안에 든 걸 쏟아놓았다. 다 쓴 생리대 수십개가 토막토막 분해된 인형들과 함께 굴러떨어졌다. 안쪽이 보이지 않게 돌돌 말려있었지만 개중 몇몇은 뒷면까지 검은 핏덩이가 비쳐보였다고 했다. 묵은 비린내가 진동하고, 그의 엄마가 비명을 질렀다.

"뭐야, 진짜로?"

레미의 말에 깜짝 놀라 작업을 멈추고 그에게 물었다. 그는 자기가 이런 걸로 왜 거짓말을 하겠느냐고 했다. 동네가 떠나가도록 싸웠다니깐요, 그 누나네 엄마랑 우리 엄마랑. 그때는 그게 뭔지 몰랐죠, 이제 기억하고 보니깐…… 얘기를 하다 말고 그의 낯빛이 해쓱해졌다. 이걸 뭐라고 해야하지, 그가 중얼거렸다.

"알면 안 되는 걸, 알아버린 거 같다고 해야 하나?"

그니깐, 그니깐, 하며 한동안 마땅한 말을 찾지 못한 듯 괴로워하던 그가, 깊이 숨을 들이켰다가, 내쉬었다. 그의 흉부가 크게 오르내렸다.

"그 누나는 멍을 달고 살았거든요. 심한 날은 진짜 애기 똥풀이 사람 된 거처럼 온몸이 노래가지고 다녔어요. 다리가 그러니깐 넘어져서 그런가보다 했는데요."

"그런데?"

"저도 멍이 들었잖아요. 아까 거울을 보고 있었다 했잖아요. 그런데 갑자기 그게, 넘어져서 생길 수 있는 건가, 그런 생각이 들고. 혹시 집에서 맞았나? 싶고."

거기까지 말해놓고 레미는 한동안 내 눈치를 살폈다. 나는 별다른 대꾸 없이 고개만 끄덕였다.

"그 누나는 왜 계속 나랑 놀았을까요?"

"너는 왜 차드랑 계속 노는데?"

"걔랑 놀면 심심하진 않으니깐요."

한동안 속이 빈 도상에 색을 채워넣다가 넌지시, 그래서 그날 무슨 일이 있었는지는 아직도 기억이 나질 않는 거냐고 물었다. 맨 애먼 옛일만 떠오르고 말아버린 거냐고. 그는 그렇다고 답했다. 그러더니 다리가 부러지고 얼굴의 절반이 갈린 것보다 더 해괴한 일이 일어났었노라고 했다.

레미가 차드와 병원에서 만난 다음 날, 두 사람은 PC방에서 또 만났다. 둘의 꼴을 보고 초등학생 두엇이 슬금슬금 피하는 걸 보며 가게가 떠나가도록 웃어젖힐 때였다. 차드에게 전화가 걸려왔다. 통화가 길어질수록 그럴 리가 없다는 말만 반복하며 사색이 되어가던 차드가, 전화를 끊더니 레미의 얼굴을 멀거니 쳐다보았다. 그러다가 중얼거렸다.

"경찰선데, 내가 차 사이드미러를 박살냈다는데?"

"야, 그거 걷어차서 니 다리 깨진 거네."

그런가보다고 차드가 대답했다. 레미는 낄낄거렸다.

“다리값은 어제 냈고, 차값도 물어주면 되는 걸 왜 오버야.”

“그게…… 스물두대라는데?”

이젠 거의 울상이 되다시피 한 표정으로 차드가 말했다. 레미는 웃던 것도, 하던 게임도 멈추고 차드가 앉은 쪽을 봤다. 두 사람은 한참 동안 말이 없었다. 차드가 고개를 푹 떨어뜨렸다. 레미는 탄식했다.

“좆됐네, 너.”

두 사람은 함께 경찰서에 가기로 했다. 가는 길에 레미는 차드에게 그걸 부순 게 정말 네가 맞느냐고 물었다. 차드는 동네 CCTV며 박살난 차량에 설치되어 있던 블랙박스에 자기의 모습이 찍혀있더라는 경찰의 말을 전해주었다. 그의 말을 들은 레미는 여차하면 무조건 기억이 안 난다, 잡아떼라 조언했다.

“당연히 나는 기억이 안 나지, 근데 찍혀있대.”

서에 들어가 인계를 받은 뒤 면담하게 된 담당 경찰은, 두 사람의 모양새를 보고는 웃음을 참느라 열심이었다. 그래선지 가타부타 첨언 없이 증거 영상부터 보여주었다. 첫

번째 CCTV 영상엔 희미한 사람 같은 형체가 도로 한가운데를 비틀비틀 걸어가면서, 갓길에 주차된 차들의 사이드미러를 향해 발차기를 날리는 장면이 촬영되어 있었다. 차드가 다 기어들어가는 목소리로 이걸로는 저라고 확신을 못 하겠는데요…… 제가 그날 기억이…… 술을 마셔서…… 했다.

담당 경찰은 즉각 두번째 영상을 열었다. 피해차량 블랙박스에서 확보했다는 두번째 영상엔, 씨발 그지 같은 어쩌고 욕설이 섞인 고함까지 녹화되어 있었다. 먼 데서부터 뻑, 뻑, 하는 소리가 들리더니 가까이서 뻑, 하고 영상이 한 번 세게 흔들렸다. 두 사람은 공포영화라도 보듯 잔뜩 긴장한 얼굴이 됐다. 레미가 마른침을 삼켰다. 조금 있으니 하얀색 추리닝을 입은 남자 하나가 걸어가는 뒷모습이 잡히고, 또 조금 있으니 하얀 추리닝이 화려한 돌려차기로 앞차의 사이드미러를 박살냈다. 하얀 추리닝은 앞차, 앞의 앞차, 앞차의 앞앞 차까지 부숴놓더니 유유히 편의점 문을 열고 들어갔다. 경찰이 일시정지 버튼을 눌렀다.

"요, 요, 가게 들어가는 거 보이죠? 이거 보고 해당시간 해당점포에 결제정보를 확인했지, 내가. 그날 그 시간에 교통카드로 여명 사드셨던데. 본인 아니에요?"

그 순간 레미의 머릿속엔 참으로 다양한 생각이 스치고 지나갔다. 영상의 하얀 추리닝이 차드라는 건 누가 봐도 딱 알겠고, 무엇보다 발차길 할 때 보니 신발이 없고, 짐작건대 저 새끼의 조던은 사이드미러와 함께 하늘로 솟구쳤을 거였다. 세상에 빚진 것도 없는 새끼가 갑자기 왜 저랬지? 읊조리던 레미는 자신의 모습이 영상 어디에도 없다는 사실을 상기하곤 분개했다. 그렇다면 친구까지 버리고 간 자식이 와중에 살겠다고 여명을 처먹은 셈이고 근데 또 하필 신용카드도 체크카드도 현금도 아닌 교통카드로 결제를 했고 레미는 교통카드 결제내역까지 추적 가능한 대한민국의 행정 시스템이 놀라웠다.

차드 역시 레미와 비슷한 생각을 했는지 곧 얼굴이 벌게졌다.

"피해 차주들한테 잘 말해놓을 테니깐 합의하시고요. 그리고 이거."

담당 형사가 서랍을 열어 익숙한 조던 한짝을 내밀었다.

"본인 거 맞죠?"

놀랍게도 차드의 얼굴이 밝아졌다. 조던을 품에 꼭 끌어

안은 채 서를 빠져나가는 그의 등뒤에 대고, 레미는 니가 신데렐라냐 붕신 새끼야, 외쳤다. 차드는 이번에도 조던이니까 그렇지, 했다.

작업이 모두 끝났다. 바셀린을 발라 잉크와 핏물을 닦아내고, 시술 부위에 비판텐을 고르게 펴발랐다. 팔뚝에 크린랩을 둘둘 말고 종이테이프로 마감하면서, 관리를 잘못해서 내 작품을 망쳐놓으면 가만두지 않겠노라고 으름장을 놓았다.

“절대 운동 가지 마. 사우나도 안 되고.”

시술 침대와 테이블에 씌웠던 비닐을 벗겨 바늘, 쓰다만 잉크 따위와 한데 모아 버렸다. 주변을 정리하는 동안 레미는 작업물을 들여다보고 있었다. 보통 손님들은 작업이 끝나면 금세 외투를 주워입고 작별 인사를 건네기 마련이었다. 그런데 레미는 매번 끝까지 나를 기다렸다. 그게 어색해서, 일부러 명랑히 물었다.

“그 친구는 어떻게 됐어?”

“차주들 만나고 사과하고 수리비 대는 선에서 합의 봤죠.”

손가락 끝으로 시술 부위를 톡톡 건드려 보면서 그는 무심히 말했다.

"처음엔 안 해준다고 하다가, 졸업 앞두고 취업 스트레스 땜에 그랬다 하니깐 어깨를 뚜들겨 주더래요. 다 뻥이죠. 기억도 안 나는 일이고, 그 새낀 취업할 생각이 있는 새끼가 아니거든. 그냥 취해서 그런 거지. 외제차도 몇대 있어 가지고, 되는대로 막 지어낸 거죠. 뭐 젊은 애가 어쩌고 하면서 잔소릴 하는데, 다들 조금 대견해하는 눈치더래요. 이상하지 않아요?"

실제로 인생이란 구멍이 뻥뻥 뚫린 어떤 면들의 연속인데 반해 사람들은 이해 가능한 설명이 이해할 수 없는 사건을 이해할 수 있는 것으로 바꾼다고 믿기 마련이었다. 또 대개 술에 관한 한 너그러운 것이 요즘 세상의 인정 같은 거란 점을 고려해 볼 때 충분히 납득 가능한 결말이기도 했고. 끝도 없이 이어지는 그의 푸념에 건성으로 고개를 끄덕이면서, 비닐을 벗겨낸 테이블과 침대를 물티슈로 닦아냈다. 작업이 끝나고 나온 쓰레기는 별도의 봉지에 담아 입구를 꽉 묶었다. 자, 그럼, 내가 말하자 레미는 거실로 나가 짐을 챙겼다. 주섬주섬 외투를 걸치더니 목도리를 두르다만 채로 몸을 돌려 물었다.

“누나, 한잔하러 갈래요?”

나는 머뭇거리다가, 이번에도 취해서 필름 나가면 어떡하느냐고 레미에게 물었다. 그는 무척 쾌활히 대답했다.

“대신 그 새끼랑 저한테 뭔 일이 있었던 건지 기억나지 않을까요.”

나는 오늘 그가 들려준 이야기를 되짚다 웃어버렸다. 마주 웃는 그의 얼굴이 순했다.

당신을 위한
스물한번

문틈으로 바깥바람이 훅 끼쳤다. 느리게 견딘 여름이 애초에 없던 것처럼 공기는 차고 신선했다. 입구에서 간단한 스트레칭을 마친 뒤 곧바로 달리기 시작했다. 오래된 나무가 많은 동네였다. 요사이 부쩍 초록이 깊었다. 한결 가뿐한 날씨가 기꺼워서, 단지 외곽을 따라 쉬지 않고 뛰었다. 여름이 지나가고 있었다.

정말이지 정신 나간 여름이었다. 얼었던 흙이 풀어지는가 싶어 반가운 마음이 들었던 건 잠시였다. 삽시간에 폭염

이 왔다. 40도를 웃도는 기온이 몇주 내내 이어지더니 역대 최고기온 기록을 갈아치웠다. 겨우내 모스크바와 서울의 날씨를 비교하던 사람들은 자카르타의 기온에 관심을 가지기 시작했다. 살갗이 숨쉬지 못해 괴롭다고 생각했고 밤에도 잠들기 어려운 날이 잦았다.

행정안전부에서는 꼬박꼬박 안내 메시지를 보냈다. 유난스럽게 불길한 알림음을 동반하는 그 메시지에는 늘 재난과 안내와 유의와 권고가 한데 모여있어서 조금 이상한 기분이 들기도 했다. 재난이라는 단어를 무리 없이 수긍할 만큼 속수무책인 더위였다. 그래서 그걸 안내한다고 할 때 다소 얼빠진 마음이 되었다가 바깥 활동에 유의하라는 내용을 보고 또 고개를 끄덕였다가 그걸 권고한다고 하면 다시금 국가의 의의와 그 존재 이유에 대해 숙고하게 되었다.

폭염 다음은 태풍의 차례였다. 올여름 태평양에서는 스물한개의 태풍이 태어났다. 개중 몇은 뭍에까지 올라와 난동을 부렸다. 제주를 들쑤시고 호남에 상륙한 비바람이 선 것을 꺾고 달린 것을 팽개쳤다는 내용의 기사가 연이었다. 태풍은 느리게 북상했다. 애초 서울을 관통하리라던 예상과는 다르게 동쪽으로 머리를 틀었다. 리포터는 이번 태풍이 동해 쪽으로 경로를 바꿔 밤사이 한반도를 빠져나갈 예정이라고 했다. 나는 그 소식을 강릉의 리조트에서 뉴스를 보다가 알았다.

아닌게아니라 밤이 깊을수록 비가 제법 거셌다. 괜찮은 하루를 보낸 차였으므로 예정에 없던 폭우도 그리 나쁘지는 않았다. 신나게 놀고 양껏 먹은 후에 태풍이 오기를 기다린다니, 낭만적이라 생각하며 태평이 설렜던가. 심사는 팔자 좋게 복잡했다. 빗길을 뚫고 귀가할 일에 피곤이 앞섰다가 모험가라도 된 것 같은 기분으로 의기양양했다.

그사이 리포터의 차례가 지나고 화면은 데스크를 비췄다. 아나운서의 맞은편에 기상학자 한 사람이 나와 앉았다. 두 사람은 태풍이 방향을 튼 이유에 관해 이야기를 나누기 시작했다. 상륙 이후 세력이 급격히 약해진 것이 경로가 바뀐 원인이라고 했다. 덕분에 예상보다 피해 규모가 작다고도 했다.

"왜죠?"

좀처럼 맺을 틈을 주지 않고 이어지는 기상학자의 말허리를 솜씨 있게 자르면서 아나운서가 물었다. 기상학자의 언변이 좋은 편은 아니었기 때문에 나는 무례를 무릅쓰고 뒷말을 가로챈 아나운서를 이해했다.

그런데 왜,라니?

태풍이야 올라오는 과정에서 양껏 날뛰고 할퀴면서 가진 기운을 다 써버렸으니 누그러지는 게 당연했다. 더구나 서울을 비껴간 게 기왕에 끼친 피해보다 대수로울 일은 아니었다. 그러니 아나운서의 질문은 내륙에서도 중형급을 유지할 것이라던 학자들의 예측이 빗나갔다는 점을 겨냥했다고 보아야할 텐데, 그런데 어째서 그렇게 들렸을까. 나는 아나운서의 어조에서 실망이 묻어나온다는 느낌을 받았다. 왜 산타가 오지 않죠? 라고 묻는 것처럼.

운전은 예상했던 것보다 훨씬 더 피로했다. 쏟아지는 빗물 때문에 시야를 확보하기 어려웠다. 안개 낀 지역을 지날 때는 꼼짝없이 죽겠구나 싶기도 했다. 웅덩이 위를 지날 때면 차가 자꾸만 휘청휘청했다. 똑바르게 갈 거니까 방해하지 말라고 소리를 지르거나 비상등을 켜고 기듯이 달리거나 갓길에 차를 대놓고 담배를 피우거나 했다. 평소보다 핸들을 세게 붙든 탓인지 온몸이 두들겨 맞은 것같이 아팠다.

가까스로 주차를 마치고 집 앞에까지 왔을 때 나는 완전히 방심한 상태였다. 두시간 걸려서 갔던 길을 그보다 곱절이나 써서 돌아왔으니 하루치 법석은 다 끝났다고 생각했다. 아무것도 안 하고 일단 누워야지, 다짐하며 핸드백 안으로 손을 밀어 넣었다. 그러고는 가방 속에 있어야할 현관 열쇠가 외투에도 바지 주머니에도 캐리어 속에도 담뱃갑 안이나 모자 속에도 자동차 트렁크와 글러브박스와 심지어는 보닛을 열어 들여다본 엔진룸 안쪽 어디에도 없음을 알게 되었다.

초인종을 누르기도 전에 벌컥 문부터 열렸다. M이 안쪽에서 슬그머니 고개를 내밀더니 나를 보고 흐, 웃었다. 어서 들어오라며 문 앞에서 비켜선 그녀가 덧붙였다.

"잠깐 걱정했잖아, 언니 아닐까봐."

"누구냐고 물어봐야지."

"안 그래도 문 열면서 아차 싶었네."

문단속을 마친 M이 뒤따라오며 말했다. 혼자 사니까 바깥 기척에 민감해졌는데 또 혼자 살고 있다는 걸 자꾸 깜빡한다고 했다. 현관에 두려고 본가에서 가져온 아빠 신발을 거추장스러워 결국 치우고 말았다고도 했다. 모르는 사람이 내 집 현관에 남자 신발이 있는지 없는지 알게 뭐냐고,

그걸 누가 안다는 것부터 문제가 있는 게 아니냐면서.

M과는 회사에서 만났다. 입사 동기라고는 해도 서로 맡은 업무가 달라 인사만 하고 지내다가 오히려 차례로 회사를 관둔 이후에야 너나들이하는 사이가 되었다. 그녀는 오랜만의 방문객이 반가웠는지 그간 쌓인 화젯거리를 듬성듬성 풀어놓는 것으로 인사를 대신했다. 주로 이제 막 시작한 독신 생활에 관한 불평 섞인 감상이었다. 그녀가 이끄는 대로 부엌 식탁엘 가 앉으면서 슬쩍 주위를 둘러보았다. 실내는 깨끗했고 갖추어놓은 세간도 그럴싸했다. 독립해서 허리가 휘어지고 머리가 센다고 우는소리를 하는 것치고는 제법 자리를 잡은 태가 났다. 야, 너 이제 어른이다, 하니까 어른은 무슨, 말하면서도 M은 뿌듯하게 웃었다.

"그런데 갑자기 어쩐 일이야?"

여행 간다고 하지 않았느냐며 그녀가 따뜻한 커피 한 잔을 내왔다. 손바닥으로 전해지는 온기가 기꺼워 눈물이 날 것 같았다. 커피가 든 잔을 두 손으로 받쳐 들고 조금씩 나누어 마시면서 대충 이야기했다. 열쇠수리공을 불러서 문을 따느니 마느니 하기에는 너무 지쳤다고 하룻밤만 재워줄 수 없겠느냐고도. 이야기를 듣던 그녀가 와, 하고 감탄

하더니 자존심에 상처 좀 입었겠다고 했다. 갑자기 무슨 얘기인지 알 수가 없어서 그녀의 얼굴을 빤히 쳐다보기만 했다. 그러다가 아, 했다.

회사에서 단체로 워크숍을 가기로 한 날이었다. 아침부터 하늘이 궂더니 출발 시간이 되자 기어이 비가 내렸다. 곁에 서서 전세버스를 기다리던 M이 자기는 어디를 나서기만 하면 이상하게 비가 온다고 투덜거렸다. 나는 바닥에 부려둔 짐을 자꾸만 발끝으로 툭툭 차는 그녀를 말리면서 날씨 때문에 여행을 망쳐본 적이 없으니 걱정하지 말라고 호언장담했다.

그녀가 부루퉁한 목소리로 이게 여행이에요? 되묻는데 뜬금없이 부장이 대화에 끼어들었다. 허허롭게 웃으면서 둘 중에 누가 더 기가 센지 가려볼 수 있겠다고 했다. 부장이 우리 대화를 듣고 있었다는 사실을 알고 M은 난처한 표정을 지었다. 그녀가 마지막에 했던 말은 주말까지 출근을 시킨 회사에 대한 불평이었지만, 그게 진짜로 불평처럼 들렸을까 봐 염려하는 듯했다.

나는 바보 같게도 황송하다고 생각하고 있었다. 그는 사내에서 좋은 평가를 받는 직원이었다. 상사로서도 나쁘지 않을 만큼은 유능했다. 더욱이 입김이 센 임원과 교분이 있단 소문이 자자해서 모두 그의 눈에 들기 위해 애썼다.

빠르게 낯빛을 바꾸는 데 성공한 M이 부장의 말을 웃으며 받았다. 그녀는 내 어깨를 툭 치더니 아무래도 자기가 이길 것 같다고 했다. 그러자 근처에 있던 팀원들이 하나둘씩 말을 보태고 나섰다. 왠지 자존심을 건 대결처럼 되어버려서, 나도 하늘만 보며 전전긍긍했다. 그런 걸로 인정을 받아 봐야 하등 쓸모없다는 깨달음은 아주 뒤늦게 왔고.

"하긴 그날도 비가 오긴 했지."

여행을 망친 적 없다는 게 거짓말 아니냐고 M이 물었다. 나는 속절없이 발끈했다.

"도착해서 갰잖아."

"밤에 천둥 번개 쳤는데 기억 안 나?"

"어쨌든 여행은 안 망쳤어."

식탁 위에 잠시 침묵이 내려앉았다. 우리는 누가 먼저랄 것도 없이 웃었다.

"그땐 왜 그딴 걸로 경쟁씩이나 했을까?"

그뿐이었겠느냐고 M이 심드렁히 말했다. 이어지는 그녀의 회고는 퍽 신랄한 것이었다. 누구는 남보다 30분 일찍 출근하는 것으로 누구는 이면지를 남들보다 많이 소비하는 것으로 남들보다 더 많이 야근하는 것으로 까다로운 거래처 직원에게 자주 전화 받는 것으로 하다못해 정수기의 물통을 갈아놓는 것으로도 인정을 받으려고 했다. 탕비실과 화장실, 흡연 구역에서 오가는 말들이 매일의 스코어를 대신했고 그해 인사고과를 가늠하는 지표로 쓰이기도 했다. 그런 게 싫지는 않았던 것 같아, 경쟁 말이야, 그녀가 속삭였다.

"내가 싫었던 건 좀 다른 거였어."

그게 뭐였는지를 묻자 M은 어깨를 가볍게 으쓱했다.

"항상 언니보다 산뜻한 색깔의 스커트를 입으려고 했거든."

그녀가 회사를 그만둔 이유를 알고 있던 나는 조금 낭패한 심정이 되었다. 어색함을 감추려고 애쓰면서 식탁 위에 놓여 있던 리모컨을 집어 들었다. 억지로 화제를 바꾸는 것보다 낫겠지 싶어서였다. 텔레비전은 뉴스 채널에 맞춰져 있었다. 짤막한 뉴스 몇 꼭지가 지나가고 검찰 간부가 부하 검사를 성추행한 사건에 관한 보도가 이어졌다. 피해 당사자인 여자 검사가 언론 인터뷰를 감행하고 나서서 세상이 한창 떠들썩했다. 어찌할 바를 모르고 텔레비전 화면만 노려보고 있자니까 곁에서 M이 픽, 웃었다. 언니, 나 괜찮아, 그랬다.

"참 평등하고 좋은 세상 아냐?"

검사씩이나 되는 사람도 추행을 당할 줄은 몰랐다기에 나는 쓰게 웃었다. 민주적인 사회니까, 대답하니 M도 마주 웃었다. 머뭇거리던 그녀가 내게 물었다.

"언니는 괜찮아?"

나는 뉴스에 정신이 팔린 것처럼 굴었다. M은 사정을 봐주지 않았다. 식탁 위로 손을 뻗어서 내 얼굴을 자기 쪽으로 돌려놓았다. 악문 잇새로 정말 괜찮냐고 재차 묻는 게 사납고 귀여웠다. 나는 그녀를 향해서 고개를 끄덕였다. 그녀는 기가 팍 꺾인 얼굴로 투덜거렸다.

"어떻게 병원에 혼자 갈 생각을 해?"

"프로포폴 맞는다잖아."

그녀는 별 이상한 핑계를 다 듣겠다는 표정이었지만 변명을 하려고 지어낸 얘기가 아니었다. 수술을 앞뒀는데 수면유도제를 맞는 일이야 무서울 것도 없었다. 문제는 약의 효과였다. 술 취한 상태 비슷한 게 돼서 쓸데없는 이야기를 주절주절 늘어놓게 된다고들 했다. 취약한 상태일 때의 속내를 그런 식으로 내보이고 싶지 않았다. 하지 않아도 좋을 말까지 다 털어놓을까 봐, 내가 생각지도 않았고 의도한 적도 없던 말이 정제되지 않은 채 입 밖으로 달음박질칠까 봐 겁이 나기도 했다.

M은 천천히 고개를 끄덕거리다가 그래서, 마취가 깨는 동안 무슨 말을 했느냐고 물었다. 별거 아니라고 해도 자꾸 묻기에 뉴스를 보는 척 딴청을 부렸다. 역시 효과가 없었다. 들으면 웃을 거야, 했더니 듣고 웃을 테니 걱정하지 말라는 대답이 돌아왔다. 그게, 나는 잠시 머뭇거렸다. 걱정했던 속내는 정말 싱겁다고밖엔 할 말이 없었다.

"빨리 일하고 싶어요, 그랬어."

"웃기지도 않는 소리네."

나는 조금 억울했지만 그게 사실이니 도리가 없었다. 간호사는 수술대에 다리를 벌리고 누운 내게 마취제가 정맥주사라서 조금 아플 거라고 했다. 조금은 아니었고 아픈 건 진짜였다. 통증이 핏줄을 타고 올라왔다. 이거 아픈데요, 하니까 심호흡을 하라고 해서 심호흡을 했다. 다음 순간 간호사의 일어나라는 말에 눈을 떴더니 모든 게 끝나 있었다.

"그러고서 첫마디였다고? 그게?"

"응, 그런데 진짜 개운하긴 하더라."

"언니도 참, 사람이 이상해."

별말 없이 멋쩍게 있자니까, 이번에는 M이 텔레비전 쪽으로 고개를 돌렸다. 이제 데스크에서는 검찰에서 일어난 사건 이후 각계에서 터져 나온 폭로를 차례로 다루고 있었다. 한동안 우리는 아나운서의 말끔한 목소리를 들었다. 그녀가 할 말을 고르듯 조심스러운 어조로 있잖아, 했다. 나를 비난하려는 건 아니라면서 또 잠깐 말을 멈췄다. 그사이 나는 잔에 남은 커피를 비웠다.

"낳아야 한다는 생각은 안 들었어?"

안 들었다. 처음에는 우울증인가 싶었다. 다수의 직장인이 겪게 마련이라는 번아웃증후군의 차례가 내게도 왔는가 짐작했다. 사소하게 짜증이 났고 아무것에도 집중할 수가 없었다. 자꾸만 잠이 쏟아졌다. 침대에서 몸을 일으키는 것조차 큰 결심이 필요했다. 평소에는 한 시간이면 끝낼 일을 한나절 내내 붙들고 있었다. 일에 진척이 없으니 자리를 지키고 앉아있기가 고역이었다. 피로를 해소하리라는 목적으로 온종일 잠을 자 보기도 했다. 그래도 눈을 뜨면 또 졸렸다.

그러기를 일주일 만인가, 생리 예정일이 지났음을 알아챘다. 어처구니가 없었다. 자궁에 손톱만 한 세포가 들어앉았다고 해서 몇 해를 반복해온 일상이 흔들린다는 게. 전부 다 망할 호르몬 때문이었다는 게. 나는 내 몸에 가장 먼저 화가 났다.

날짜를 잡고 병원을 나서면서 M에게 전화를 걸었다. 나 임신이래, 하니까 그녀는 대뜸 축하한다고 했고 그래서 수술은 언제냐고 물었다. 몇 시간 뒤 나를 만나러 온 그녀의 손에는 팬티형 생리대 두 묶음이 들려있었다. 필요할 것 같아서, 무심히 말하는 M의 얼굴은 전혀 태평스럽지 않았다. 나는 좋은 친구를 둔 기념으로 그녀에게 밥을 사기로 했다. 조수석에 앉아 안전벨트를 매다가 말고 그녀가 물었다.

"근데 언니, 임신하고 운전해도 되나?"

M이 하도 진지한 태도여서 예의상 잠깐 침묵을 지켰다. 예약한 식당이 있는 근교까지 운전하는 사이에 우리는 임신을 화제 삼지 않기로 암묵적인 합의를 마쳤다. 한동안 응원하는 야구팀의 시즌 성적이나 방탄소년단이 정말로 프리메이슨에 영혼을 팔았을까 같은, 정치적으로 올바르고 안

전한 주제만 골랐다. M은 능숙했다. 지뢰가 될 만한 이야기를 요리조리 피하면서도 대화를 매끄럽게 이어갔다. 살다 보니 그녀에게 배려를 받는 날도 오는구나 싶어 새삼스러웠다.

식당이 있는 건물에 도착했을 때까지만 해도 우리는 우아한 귀족들처럼 새침을 떨었다. 그러면서 속으로는 세상에 내놓고 말하기 어려운 문제들의 취급 방식에 대해서 생각했다. 세간의 통념은 그것을 아예 없는 것으로 여기기를 추천했다. 그게 정말 최선인가를 자문하면서 주차할 자리를 찾아다녔다. 예약 시간이 다가오는데 도무지 빈자리가 보이지도 생기지도 않았다. 건물 지하를 세 바퀴째 돌다가 불쑥 짜증이 나서 임산부 전용칸에 차를 대 버렸다. 뜨악해진 M이 언니, 하더니 말을 잇지 못하고 내 옆얼굴만 쳐다봤다. 나는 뭐가, 하고 반문했다.

"나 임산부 맞잖아."

이번 주 한정이지만. 뒷말은 속으로만 했다. 임산부 전용 주차구역답게 지상으로 올라가는 엘리베이터가 지근거리에 있었다. 엘리베이터가 내려오기를 기다리다가 M과 눈이 마주쳤다. 그녀가 큰 비밀이라도 말하는 사람처럼 속

닥거렸다.

"언니, 진짜 좋다."

우리는 고기와 술을 잔뜩 주문했다. 내 몫의 잔에 소주와 맥주를 따라 뒤섞으면서 그녀는, 술을 마셔도 되는 건지를 고민해야 좋을지 술을 마셔도 되느냐고 물어봐도 되는 건지를 고민해야 좋을지 알 수 없다면서 울상이 되었다. 운전하고 왔으니까 대리운전을 부를 거냐고 묻는 건 괜찮은 거지? 아니면 임산부에게 좋은 술이 따로 있는 거야? 소주 말고 청하 마실래? 아니다, 아니다, 복분자 마실래? 그녀는 계속해서 이런저런 의문을 제기했다. 여러 혼란에도 불구하고 나는 시종일관 뻔뻔스러운 태도를 유지했다. 그녀도 곧 익숙해졌다.

갑작스러운 임신 소식이 내게 남긴 것은 일과 친구에 대한 깊어진 애정이 다였다. 그건 내게 썩 다행스러운 일이었다. 나는 그녀의 대처가 얼마만큼 현명했는지 또 내가 그것에 얼마나 감사하고 있는지 이러쿵저러쿵 떠들었다.

"아무튼, 그런 죄책감 같은 건 솔직히 없었는데."

병원 카운터에 현금 60만원이 든 봉투를 꺼내놓다가 말고, 문득 성인이 되어 돈을 번다는 건 세상에 다시없을 멋진 일이라는 생각을 하고는 머쓱해졌다. 괜히 누가 내 속말을 들었을까 봐 혼자 낯을 붉혔다. 그러다가 만약 내가 아직 학생이었다면, 하는 데까지 생각이 미쳤다. 불법이니 어쩌니 대외적인 으름장을 놓는다고 해도 한국에서 임신중단은 불가능한 일이 아니었다. 절차에 따라 의사를 타진하고 날짜를 잡은 후 계산을 하면 불가능은 삽시간에 가능이 됐다. 문제는 돈인데, 불법이니까 보험도 카드도 할부도 안 되고 현금만 받았다.

"미성년자는 어떡하나, 그런 생각했어."

이상하지, 나는 말하다 말고 웃었다.

"내 애는 안 낳겠다고 펄쩍 뛰었으면서 얼굴도 모르는 애들 걱정이 되더라니까."

그녀는 식어버린 커피를 홀짝거리면서 응, 이상하다, 그랬다.

가끔 체증이 있고 속이 답답하다는 말에 M은 내게 운동을 권했다. 그 말에 혹해서 호기롭게 시작한 것까지는 좋았는데, 금방 난관에 부딪혔다. 나는 정류장에서 떠나기 직전인 버스를 잡으려고 할 때나 겨우 뛰는 사람이었다. 살면서 한 번도 긴 거리를 달려본 적이 없었다.

어떻게 뛰는 게 천천히 뛰는 거지. 나는 아픈 옆구리를 부여잡고 생각했다. 오래지 않아 M에게 전화를 걸었다. 무슨 일인지를 묻는 그녀에게 어떻게 하면 천천히 뛸 수 있는지 물었다. 그녀는 갑자기 무슨 소리냐고 했다가 조금 후에 방법을 바꿔서 왜 그러느냐고 했다. 오래 달리고 싶어서 그런다고 하니까 무슨 말인지 대충 눈치챘다는 듯 전화를 끊더니 나를 만나러 왔다.

"언니는 몸을……"

그녀는 한참 말을 잇지 못했다.

"뭘 좀 이렇게 한다거나 그런 건 해본 적이 없나 봐."

달리다 말고 바닥에 풀썩 주저앉은 나를 향해 M은 고개를 절레절레 흔들었다. 아무리 눈치를 줘도 안 되는 건 안 되는 거였다. 옆구리가 찢어질 것 같은 걸 어떻게 해, 나는 숨이 가쁜 와중에 가까스로 대답했다.

"몸을 사용하는 방법을 아예 모르는 것 같은데."

M은 말을 뱉어놓고 슬그머니 내 눈치를 보았다. 어떤 의미인지 알 것 같아서 그녀를 올려다보고는 부스스 웃었다. 그녀는 훌륭한 페이스메이커였다. 내가 바닥에 너부러

지기 직전까지 함께 운동장을 돌면서 오래달리기에 적합한 속도를 가르쳐 주었다. 러닝 자세에도 여러 가지가 있다면서 개중 몇 가지를 소개해주기도 했다.

나는 그녀의 등뒤를 졸졸 따라 달리며 그녀가 하는 것처럼 어깨에서 힘을 빼고 두 팔을 가볍게 흔들면서 보폭을 줄이려고 애썼다. 물론 잘되지 않았다. 몸은 혼자서 뛸 때보다 뻣뻣해졌고 급기야는 정강이와 허리가 쿡쿡 아팠다. 남들만큼은 건강하다고 자신하던 몸이었는데.

"언니, 장인은 도구 탓을 안 한다고 했어."

M이 나를 억지로 일으켜 세우며 말했다. 그녀를 따라 운동장 두 바퀴를 간신히 돌았다. 등이 흠뻑 젖었다. 우리는 운동장 구석에 놓인 벤치에 나란히 앉았다. 그녀가 첫날의 감상을 묻기에 달리기는 정말 속도가 중요한 운동인 것 같다고 대답했다. 너무 느리면 모든 것이 지루해지는 나머지 자꾸만 주변을 둘러보는 구경꾼이 됐고 너무 빠르면 옆구리가 찢어져서 오래 달릴 수가 없었다.

"너는 어쩌다가 이런 운동을 시작했어?"

그녀는 대답 없이 물만 마셨다. 언제까지 마시나 지켜보고 있자니까 물병에 반 넘게 남아있던 걸 끝까지 다 비웠다. 두 손으로 페트병을 비틀어서 우그러뜨리고 마개를 꼭 닫더니 가방에 넣었다. 내 눈엔 그녀가 하는 행동이 다 멋져 보였다. 나도 모르게 운동선수 같다고 감탄했다. 그녀는 뜬금없는 칭찬이 어색했는지 마주댄 손바닥 사이에 코를 박고서 그만하라는 말만 했다. 그것도 멋있었다. 결국, 그녀는 운동장이 떠내려갈 것처럼 웃었는데 그렇게 호탕하게 웃는 것도 운동선수 같았다.

"저번에 프로젝트 얘기했던 거 기억나?"

M은 차라리 화제를 바꾸는 게 낫겠다고 생각한 모양이었다. 순순히 고개를 끄덕거렸다. 일전의 통화 이야기였는데, 대체로 무슨 실수라도 생길까 봐 전전긍긍하는 내용의 푸념이 주를 이뤘다. 하나같이 잔손이 가는 일들이라 애를 먹고 있다는 말에서 피로한 기색이 느껴졌다.

통화 말미에 그녀는 무슨 도시괴담을 말하는 것처럼 덧붙였다. 여기 부서에 여자가 나 하나밖에 없어, 전부 남자야, 나는 남자하고 일하는 게 싫어, 뭐를 하다가 그게 잘 안되고 귀찮으면 무조건 내가 여자고 꼼꼼해서 잘할 거니까 나더러 해 달래, 온몸의 피가 다 식어버린 것 같은 목소리였다. 그래놓고 또 여러 가지 배려받는 점도 많다느니 사회인인 척 굴었다. 이번 회사에서는 잘해 보고 싶다고 했다.

“기억나. 어떻게 됐어? 잘 끝났어?”

“별문제는 없었어.”

자잘한 사고가 몇 가지 있었지만 나쁘지 않았다고 했다. 사람들하고 정이 붙고 일에도 재미를 느낀 모양이었다. 애면글면 공을 들였으니 당연한 얘기겠지만, 성공적이었다는 평가를 받은 것은 그날의 행사이지 그녀가 아니었음에도 꼭 자기가 성공한 것처럼 기분이 좋았다고 했다. 여러모로 괜찮다고 하면서도 그녀는 잠시 말끝을 흐렸다.

설명회가 끝난 후 질문을 받는 시간이 이어졌다. 다른 팀원들이 응답자석에 앉기에 그녀도 따라가서 앉았다. 하지만 그녀에게는 다른 일이 맡겨졌다. 객석에 마이크를 전달할 사람이 없다는 거였다. 누군가는 해야 할 일이었으므로 그녀는 선선히 응했다.

여러 사람이 질문을 했다. 그녀가 생각하기에 그건 좋은 신호였다. 어떻든 궁금하게는 만들었다는 얘기니까. 옆구리의 재봉선이 터질 것같이 허리통이 비좁은 블라우스에 보폭을 강제하는 펜슬스커트를 받쳐 입었다는 것 외에는, 또 하필이면 15센티미터 높이에 가보시도 없는 스틸레토

힐을 신었다는 것 말고는 괜찮았다.

그런데 마이크를 들고 청중석 사이를 요리조리 다닐 때, 자꾸만 속에서는 괜찮지 않다는 생각이 들었다.

사실 그녀는 그 전날 저녁, 퇴근을 하려다 말고 절망에 빠졌다. 문득 일거리 하나가 기억났기 때문이었다. 그녀는 문 앞에서 도리질했다. 오늘은 더는 무리야, 내일도 바쁠 거고 모레도 바쁠 건데 나는 지쳤고 이제 자야 해, 중얼거렸다. 하지만 결국 일이 그녀를 이기고 말았다. 그녀는 걸음을 돌이켜 책상 앞에 앉았다. 그러고는 질의 시간을 대비해 예상 답변을 작성하기 시작했다.

그녀는 이야기하다 말고 갑자기 으아악, 비명을 질렀다.

"이거 내가 예민하게 구는 거잖아."

나는 아니라고 말하고 싶었다. 하지만 M은 내가 대답하기도 전에 먼저 그렇잖아, 맞잖아, 하면서 괴로워했다.

"다른 사람 욕을 하고 싶은 건 아니야. 진짜 잘했거든."

그녀는 행사가 끝나고 이어진 회식 자리에서 팀원들을 추어주며 은근히 떠봤다고 했다. 어떻게 그렇게 말을 청산유수처럼 할 수 있느냐고 물으니까, 실제로 다들 질문지를 만들어 놓고 준비를 했더라는 거였다. 그녀는 겨우겨우 뒷

말을 이어 붙였다. 다른 사람의 노력을 알아볼 수 있었던 건 자기도 그만큼 노력했기 때문이 아니냐고, 집에 가는 길에 자꾸만 그런 생각이 들더라고 했다. 속 좁게 굴고 싶지 않았는데도 불구하고, 때때로 없는 사람처럼 밀려나야 했던 일들이 자꾸 생각나서 짜증이 났다고 했다.

집에 돌아와 현관문을 열었는데 집 안이 너무 조용해서, 자기도 모르게 왜?라고 중얼거렸다고 했다.

그래서 M은 달리기 시작했다. 나는 깊이 이해했다. 그녀는 좀처럼 꺾이지 않는 향상심을 갖춘 사람이었다. 그녀의 장점은 타인의 눈에 너무나 강렬하고 또 빛나는 것이어서, 때때로 무례하다거나 건방지다는 식의 빈축을 사기도 했다. 그녀는 그럴 때마다 나를 찾아와 자기가 정말 그러냐고 그렇게 싸가지가 없냐고 재우쳐 묻거나 하는 식으로 고통을 받았다. 어쨌든 타고난 성미는 쉽게 고쳐지는 것이 아니었다. 매사에 정을 맞는 순간이 와도 그녀는 자신이 새롭기를, 더 나아지기를 원했다. 그러니 매일의 기록을 잴 수 있는 운동이야말로 그녀의 마음을 달래기에 적합한 취미였을 것이다.

"근데 요즘 우리 사무실에 운동이 유행이다?"

"갑자기?"

"응, 내가 한다고 하니까 다들 시작하더라?"

그녀는 이 대목을 말하다 말고 한숨을 쉬었다. 점심시간을 활용하려던 욕심이 화근이 되었다고 했다. 절대 들키고 싶지 않았는데 화장 때문에 걸렸다는 거였다. 운동 전에 지우자니 아무래도 시간이 빠듯할 것 같았다. 그냥 나가서 냅다 뛰어버리자는 발상은 정기적으로 피부과에 헌납하는 금액의 규모를 계산했을 때 절대로 해서는 안 될 생각이었다. 그래서 그녀는 그냥, 화장하지 않고 출근하기 시작했다.

며칠 동안 사람들에게 무슨 일이 있느냐는 질문을 많이 받았다. 구태여 거짓말을 할 것까지는 없다고 생각한 그녀가 순순히 털어놓았다. 그러기를 또 며칠, 사람이 숨만 쉴 줄 알았으면 된 거라며 운동과는 평생 담쌓고 지낼 것처럼 굴던 직원 하나가 러닝화를 주문했다. 그녀의 말에 따르면, 그래도 그가 가장 마지막까지 버틴 사람이었다.

이제 그녀와 그녀의 동료들은 아침에 만나면 운동에 관해서 얘기하거나 퇴근 후에 함께 운동할 계획을 세우거나 아예 회식을 동네 운동장으로 하러 간다거나 그랬다. 그것 참…… 지하철 광고란에나 실릴 법한 미담이 아닌가. 내 떨

떠름한 반응을 그녀는 즐거워했다. 그러더니 어디나 다 똑같은 것 같다고 말했다.

"예전 회사 부장님 기억나?"

"그 사람을 어떻게 잊어버리겠냐."

개새낀데, 라고 덧붙이려다가 말았는데, 그녀는 내 뒷말을 짐작한 듯 뒷머리를 긁적였다. 그러더니 자기는 그 사람을 진짜 존경했다고 말했다. 한두 군데 이상한 점이야 있었어도 전체적으로 유능하고 호인이니 밑에서 잘 배워서 닮고 싶었다고.

그래서 그가 그녀에게 연애 감정 비슷한 것을 털어놓던 순간에도, 그에게 화가 나기보다 자기를 의심하게 되더라고 했다. 그녀는 귀하의 댁에 계신 사모님이 무탈하고 안녕하신지를 여쭙는 식으로 거절을 대신했다. 그러자 부장은 목덜미까지 시뻘겋게 되어서 화를 냈다. 먼저 여지를 줘 놓고서 사람을 이상하게 만든다고 그녀를 비난했는데 부장처럼 처신에 능한 사람이 저렇게 억울해할 정도면 정말로 내 쪽에 뭔가 잘못이 있는 게 아닌가, 싶더라고.

"존경하고 연애 감정을 헷갈리는 쪽이 등신이지."

그녀는 마른세수를 몇 번 하더니 자기도 그런 줄 알았다고 말했다.

"요새 사무실 직원 하나하고 경쟁이 붙었거든."

처음에 그 직원은 그녀와 엇비슷한 실력이었다. 그런데 연습량이 늘어날수록 점차 그녀를 앞질러 나가기 시작하더니 기록을 경신한 날이면 어김없이 찾아와서 그녀에게 자랑을 늘어놓았다. 그녀로서는 안달이 날 수밖에 없었다. 승부욕에 불이 붙어버린 거였다. 그녀는 충분히 자조했다. 그리고 타고난 성미에 맞게 그를 이기려고 노력했다. 그녀의 욕심을 눈치챈 사무실의 동료들은 오히려 그걸 이상하게 여겼다.

"왜 그렇게 이기려느냔 거야. 이미 여자치고 빠르다면서."

"여자치고 빠르면 뭐해? 어차피 지는데."

그녀의 말을 듣다가 불쑥 끼어들었다. 추임새를 넣으려는 의도였는데 아픈 델 찔러버린 모양이었다. 그녀는 약간 상처를 받은 것 같았다.

"저기, 미안. 그래서 어떻게 됐어?"

"더 빨라지고 싶다고 그랬지."

거기까지 말해놓고 그녀는 잠시 숨을 골랐다. 그 뒤로

이어지는 얘기는 너무나 지리멸렬한 것이어서 듣고 있기 괴로울 정도였다. 동료 중 한 사람이 그녀에게, 경쟁은 다 핑계고 사실 그를 좋아하는 것 아니냐고 물었다. 짓궂기는 해도 농담조였기에 그녀도 편안한 대꾸로 받아넘겼다. 하지만 그들은 거기서 멈추지 않았다. 어쩐지 전부터 관심이 있는 것 같았다고 무릎을 치는 사람이 나타났다. 매사에 이기려고 들 게 아니라 다음에 이온음료나 레몬청 같은 걸 준비해보면 어떻겠냐는 조언이 뒤따랐다.

그녀는 악의 없이 웃는 사람들 가운데 홀로 피로를 느꼈다. 속으로는 애처럼 굴지 말자고 반복해서 중얼거렸다. 달리기는 원래 내가 먼저 시작한 취미였고 비록 마지못한 것이었으나 당신들이 내게 괜찮은 운동복 브랜드 따위를 물어왔을 때 친절하게 대답해준 것도 나였으니 만약 꿀물을 타주는 역할과 그것을 마시는 역할이 나뉘어 있는 것이라면 나는 마시는 편이 되고 싶다,는 말이 목구멍 밖으로 자꾸 기어나오려고 했기 때문이었다. 동시에 그녀는 과거를 돌이켜 부장의 붉은 뒷덜미를 떠올렸다. 왜 자기의 모든 감정이, 깔때기라도 꽂아놓은 것처럼 항상 연애로 귀결되는 것인지 의문이었다.

"아무튼, 요새 처음으로 나한테 절망하고 있어."

"너한테? 사무실 직원들한테가 아니고?"

그녀는 천천히 고개를 끄덕였다.

"나는 아마, 진짜 경쟁에는 평생 끼어보지도 못할 거야."

왜 그렇게 생각하느냐고 물으려는데 주머니에 넣어두었던 휴대전화에서 길고 요란한 알람이 울렸다. 동시에 그녀가 페트병을 구겨 넣었던 가방 속에서도 같은 소리가 났다. 방재청에서 보낸 메시지였다. 먼바다에서 스물한 번째 태풍이 태어나 북상하고 있으니 주의하라고 했다. 메시지를 확인한 그녀가 이제 집에 가야겠네, 그랬다. 그녀에게 조심히 들어가라는 인사를 하려다 말고 문득 다른 얘기가 튀어나왔다.

"만약에 우리가, 다 그만두면 어떻게 될까?"

"뭘?"

"그 사람들한테 인정받으려고 하는 거."

말하는 것이 나인데도 이상하고 낯설게 들렸다. 여태껏 겪어 온 인생의 해프닝이란 급한 허기를 채우기 위해 들어간 식당의 메뉴판 같았다. 그저 눈앞에 주어지는 것이지 메뉴를 고르듯 골라낼 수 있는 게 아니었으니 그만둘 수 있다고는 생각해 본 적이 없었다. 그런데도 강가를 달리다가 얼결에 다리까지 건너버린 심정으로, 나는 그녀의 동의를 바라고 있었다.

"글쎄, 언니. 나는 이기려고."

잠깐 딴 데를 보고 있던 그녀가 대답했다. 지금은 그 직원이 자기보다 빠르지만 그를 포함해서 사무실의 누구도 그녀처럼 자주, 그리고 꾸준하게 연습을 하지는 않는다고 했다. 호우를 예고하는 메시지를 받았기 때문인지 아까부터 먼 데서 습기 먹은 바람이 불어오는 것 같았는데. 적어도 더 나아질 수 있잖아, 안 그래, 되묻는 그녀만 혼자 산뜻했다. 지구가 둥글어서 자꾸 걸으면 어떻게든 된다고 하는 유의 동심이라는 게 세상에 아직 남아있다면, 그걸 훌륭하게 간직해낸 사람 중의 하나로 M을 꼽을 수 있겠다는 생각이 들었다. 벗어나려는 마음에는 언제나 적당한 속력이 필요하게 마련이었으므로.

딸과 여신과
아이돌의 역사

10분 전만 해도 식탁에 마주앉아 있던 도민이 지금은 변기통을 붙잡고 먹은 것을 죄 게워내고 있었다. 그러나 토한다,는 말이 주는 일반적인 어감이 웩, 웩,이라면 지금 내가 듣고 있는 물 쏟아지는 소리에는 도무지 분절점이 없었다. 닫힌 화장실 문 저편에서 하루 내내 푹 고아낸 우족탕을 들통째 쏟아붓는 소리가 이어졌다.

"어차피 다 토할 건데 주스는 왜 사 오래?"

"위세척…… 값보다 주스값이 싸게…… 먹히는 건 알고

말해."

물소리 사이에 말소리가 드문드문했다.

도민의 핸드백은 화장실 문 앞에 놓여있었다. 살그머니 들고 있던 젓가락을 내려놓았다. 무릎걸음으로 핸드백 근처까지 다가갔다. 조심히 지퍼를 당겨 엶과 동시에 화장실 문이 열렸다. 핸드백을 움켜쥐고 위를 보았다.

"뭐해?"

"어? 이게 쏟아져서."

망할 년, 5분만 늦게 나오지. 나는 핸드백을 재빠르게 닫아 도민에게 건넸다. 그녀는 내게서 받아든 가방을 베개 삼아 거실 한가운데 드러누웠다. 그러고는 눈만 굴려 시계를 확인하는가 싶더니 벌써…… 하고 작게 읊조렸다.

"미안, 저녁 먹기 전엔 꼭 꺼져줄게."

도민이 여상히 말했다. 여태까지 토한 사람이 취할 법한 태도는 아니었다. 하여간 술에 관해서라면 기이할 정도로 대책 없는 인간이었다. 내일이 없는 것처럼 들이붓는단 표현이 꼭 어울렸다. 술 먹는 도민을 대신해서 고통받는 도민이 따로 있는 것 같기도 했다. 그녀는 숙취에 시달리다가도 오후 3시께만 되면 마법이 풀리듯 술병으로부터 자유로

워지곤 했는데, 일종의 해리 장애가 아닐까 싶을 정도였다. 그렇다 한들 어떻게 매번의 분리를 견뎌내는 걸까? 알 수 없었다.

애당초 인간이 동강날 정도로 술을 마시는 이유가 뭐야.

"죽다 살아난 소감이 어때?"

"생일이 업데이트돼서 기뻐."

우리는 한참 동안 낄낄거렸다.

"언니한테 전화할까? 너 생일파티 하자고."

"그래, 잘도 넘어오겠다."

이미 다 끝난 걸 가지고…… 도민이 제 허벅지를 벅벅 긁으며 덧붙였다.

왜 내가 꼬시는 사람들은 하나같이 나를 미워하게 될까? 풀기 없는 목소리로 주절거리자 맞은편에 앉아있던 도민이 코웃음을 쳤다. 본격적으로 취하기엔 너무 늦었거나 이른 시간이어선지 술집 내부는 한갓졌다. 하여 도민이 일그러진 내 면전에 대고 참다못한 웃음을 터뜨리고 말았을 때, 그녀의 웃음소리는 어느 때보다도 커다랗게 들렸다.

"비웃어? 못됐네."

"네가 언니를 꼬셨다고?"

도민이 어지럽게 놓인 접시와 술잔을 한쪽으로 치웠다. 상체를 기울여 내 얼굴을 들여다보는 그녀에게서 이제야 네 속을 알겠다는 표정이 읽히자 모든 것이 마뜩잖았다. 탁자 위는 노가리, 마른멸치, 구운 한치와 오징어 등속으로 빼곡했다. 메뉴판을 받아들자마자 마른안주만 골라 주문한 건 나였다. 얼큰한 탕류가 당긴다던 도민의 의견은 깔끔히 무시했다. 오늘은 꼭 씹을 거리가 필요했다.

그렇다고 한들 내가, 언니를 씹고 싶은 게 뭐, 그래서 비 맞은 개꼴을 해 가지고 너를 찾은 게 뭐 어때서. 도민이 하나 남은 육포를 집어 입속에 넣고 질겅거렸다.

"꼬셨지. 이거 하자 저거 하자, 뭐 먹자 어디 가자."

내가 양껏 한숨을 쉬자, 도민이 눈썹 끝을 치켜세웠다. 나는 황급히 말을 이었다.

"우리가 벌써 몇 년인데. 어떻게 한순간에 끝이 나?"

도민과 나는 다니던 대학에서 서로를 알았고 서로의 떡잎이 누렇단 걸 알아본 뒤에 친구가 되었다. 트렌드세터를 경멸하고 힙스터는 조롱하는, 그러니까 낙인찍히는 것과 낙인을 자처하는 것과 자처한 낙인과 더불어 별도의 인장

들을 계속해서 바꾸어 나가는 것과 그것을 훈장처럼 자랑스러워하는 일 모두를 혐오하여 불도장이라곤 수두 자국밖엔 갖지 못한 밋밋하고 어정쩡한 부류가 우리였다.

그러다 보니, 도민과 내가 일찍이 서로의 가망 없음을 알아챈 것은 바깥으로 드러나는 어떤 명백함 때문이라기보다 미미하게 감지되는 낌새 덕분이라고 말하는 편이 옳았다.

예컨대 특정 패턴과 색상의 복색이 유행하면 우리는 그것을 입거나 입지 않았다. 옷장에 처박아버리거나 쓰레기통에 넣었고 가끔은 의도적이라고 말해야 좋을 수준으로 열렬히 입었다. 중요한 것은, 입거나 입지 않는 것이 아니라 패션으로 자기의 무엇을 주장해보겠다는 깜찍한 발상 자체를 비웃는 일이었으므로.

비싼 가방을 들지 않았다. 비싼 가방을 드는 여자라는 이미지가 싫었으므로. 비싼 가방을 들었다. 비싼 가방을 들지 않는 부류로 분류되느니 차라리 속된 인간처럼 보이는 게 낫다는 사실을 금세 깨달았으므로. 화장을 하지 않거나 했고 잡지를 읽으면서 호들갑을 떨거나 만화책을 읽거나 가끔은 베개로 쓰면 알맞을 두꺼운 책에 관심을 두었다. 강남을 신촌을 홍대를 합정을 상수를, 북촌과 이태원과 가로

수길과 한남동마저도, 싫어했고 그러나 모든 곳에 갔고 사사건건 반대하는 일에 몰두하는가 하면 어느 날은 모두와 모든 것에 열과 성을 다한 찬사를 바쳤다. 이런 까닭에 우리의 취미는 매사 어영부영한 수준을 유지하게 마련이었으나 멋대로 살아왔다는 자부심만큼은 뿌리깊었다.

언니와 알게 된 건, 우리가 오가닉이니 노르딕이니 북유럽이니 하는 것에 진절머리를 낼 무렵의 일이었다. 도민과 난 강의실이 있는 복도의 끄트머리에서 햇볕을 쬐면서 채도 낮은 파스텔톤 민짜 원단에 흰색이나 애매한 회색빛 도형을 끼얹으면 북유럽이 되고, 촌스러운 빨강 덕에 족히 몇 십년을 썩었음직한 루돌프 카펫이 노르딕이란 타이틀과 함께 팔려나가는 현상에 신명나게 기함하고 있었다. 스칸디나비아는 차라리 귀여운 수준이지, 도민이 개탄할 때 눈앞에 언니가 나타났다.

언니는 한낮의 태양이 만들어내는, 말갛고 쨍한 빛의 장막 저편에서부터, 그러니까 우리가 주저앉아있던 복도의 저쪽 끝에서부터 걸어오고 있었다. 그날의 언니는 머리부터 발끝까지 북유럽의 현신 그 자체였다. 북유럽 색 구두에 북유럽풍의 가방, 북유럽 패턴이 빼곡한 상하의에서는 우스꽝

스러운 비장미라고 해야 할까, 두려움을 베일로 두른 진지함 같은 게 엿보였다. 우리의 두 눈은 화등잔만 해졌다.

그녀가 자기의 몸을 담보로 하여 펼쳐 보인 광경이 퍽 기괴한 농담이나 신탁처럼 여겨진 탓에 내 머릿속엔 성급한 성가가 울려 퍼졌다.

“저거 일부러 저러기도 힘든데.”

도민이 말했다.

“일부러 저러는 거 아닐까?”

나는 얼빠진 목소리로 답했다. 그리고 우리는 그녀에게 말을 걸어보기로 했다.

“애초에 언니하고 너는 좀, 그니깐 좀, 그런 게 있었어.”

“그런 거라니?”

“네가 비웃는 걸 언니는 중요하게 생각했잖아.”

확실히 당초 기대와 언니는 사뭇 다른 사람이었다. 씁쓸하게도 난, 언니가 우리와 같지 않으며 그녀의 북유럽 스타일 역시 의도적으로 애쓴 것임을 깨달아버리고 말았다.

언니는 북유럽을 입으면 북유럽인이 될 수 있다고 믿을 만큼 순진했고 믿음을 실천으로 옮길 정도로 성실했다. 열심이 온몸에 드러나는 언니에게서 순진의 때를 벗겨내는 일은 불가능에 가까웠다. 심지어 우리의 쓰레기 같은 농담에 대꾸를 해줄 때조차, 언니는 범사에 쓰레기가 되도록 노력했다. 요컨대 언니의 경우 재활용이 되고자 재활용 통 속으로 가고 젖고자 하여 기꺼이 음식물 쓰레기통을 감내하는 식으로, 일종의 물아일체적 재능을 가진 사람이었다.

그럼에도 나는 그녀를 언니라 부르며 곧잘 따라다녔다. 사실 온아, 온아, 이름을 부를 적이 더 많았다. 그래도 내가 한 살 언닌데, 울상을 하면서도 온아, 하면 꼬박꼬박 용건을 묻고 안부를 물어주는 그녀는 무척 다정한 사람이었다.

도민이 메뉴판에 시선을 두었다. 나는 그녀의 화장을 재빠르게 뜯어보았다. 몇 주 전부터 눈매가 확연히 간드러진 게 보통 솜씨가 아니었는데 이번에 보니까 아이섀도를 바꾼 것 같았다. 이따가 파우치를 몰래 열어보자고 생각했다.

도민은 멋있는 애였다. 애초 두꺼운 신경줄을 타고난 그녀는 무엇에도 상처받지 않을 것 같이 아무것에나 상처받고 다녔다. 주어진 시간을 사들이듯 살고 또 미련 없이 내버리는 재주가 있었다. 자기란 건 처음부터 없는 사람처럼 매 순간 뜨거워졌으며 빠르게 휘발했다. 그러고도 제정신을 유지하고 사는 게 용하다 싶을 만큼. 어쩌면 처음부터

제정신이 아니었는지도 모르겠고.

도민은 자기가 자기라는 사실만으로 충분해 보였다. 그건 정말 신기한 일이었다. 그녀를 볼 때면 나를 이루는 모든 것이 자질구레한 소품을 엮어 만든 콜라주처럼 느껴졌다. 전체가 되지 못한 잡동사니.

별안간 도민이 홱 시선을 돌렸다.

"그니깐 싸우기는 왜 싸워."

"내가 버림받은 거라니깐!"

날카롭게 치솟는 내 목소리가 예상 밖이었는지 그녀는 물티슈에 손가락을 문질러 닦다 말고 놀란 눈이 됐다. 난 그녀에게 끼어들 틈을 주지 않으려고 빠르게 말했다.

"같이 놀았는데 매번 왜 막판엔 내가 범인 비슷한 게 돼버리냔 거야. 싫으면 싫다, 안 가면 안 간다, 말했으면 되는 거 아냐. 지도 좋으니까 한 거 아냐!"

"너 벌써 되게 가해자 같은 거 알지?"

두어 번 눈을 깜빡이고 나서, 언니가 아예 미쳐버렸다는 말을, 혀끝까지 올라왔던 그 말을 삼켰다. 목 안쪽이 긁힌 것처럼 얼얼했다.

"언니가 나를 미치게 한다니깐? 내가 자길 휘두른다잖

아! 〈마이 매드 팻 다이어리〉 알아?[1] 거기 나오는 주인공한테 친구가 있거든. 걔가 예쁘고 몸매 좋고 인기도 많고 심지어 착해. 다 가진 애야, 걔는. 근데 거기 주인공이 그 친구한테 사사건건 열등감 느끼고 징징거리고 폭식하고 자해하고."

말 중간에 코 먹은 소릴 내길 몇 번, 결국엔 사레가 들었다. 도민이 진정하라는 의미로 내 앞에 놓인 잔을 채우고, 자기 몫의 잔을 톡톡 두드렸다. 나는 캑캑거리며 그녀의 잔을 채워주었다. 짠, 하자 뱃속이 뜨끈해졌다. 위장과 함께 머릿속마저 녹아내리는 듯했다.

"그래서?"

도민이 물었다.

나는 그녀가 비운 잔을 다시 한번 채우면서 답했다.

"그 잘난 년한테 감정이입이 될 지경이라고."

"내 생각엔, 이건 어디까지나 언니 시점에서 말하는 건데……"

---

1) 마이 매드 팻 다이어리

우울증과 폭식증, 자해 습관을 가진 주인공이 자신을 사랑하는 방법을 찾아가는 이야기. 이 드라마를 보면 인간의 몸을 중립적으로 표현할 수 있는 단어가 많지 않다는 사실을 추가로 배울 수 있다. 마지막 시즌의 결말이 상당히 충격적이므로 시즌 2까지만 시청할 것을 권한다.

새로 받은 잔을 재차 비워낸 도민이 해야 할 말을 잊기라도 한 듯 잠시 딴청을 피웠다.

"그 여왕벌 나오는 10대 영화에 더 가깝지 않냐."[2)]

나는 그녀의 잔에 술을 채우다 말고 두 눈을 끔벅거렸다. 그건, 너무 전형적인 이야기였다. 새로운 점이라곤 눈을 씻고 찾아봐도 없을 정도로 흔하디흔한 드라마 퀸이 나오는 이야기. 한참 동안 멍청한 얼굴로 도민만 쳐다봤다.

"케이디랑 레지나 나오는 거?"

"그래, 너랑 언니랑 셋이 같이 본 거."

도민의 가설을 만족시키기 위해서는, 속세의 달콤함을 거의 맛보지 못한 까닭에 순진하게 자라난 케이디, 그녀가 언니여야 했다. 이때 주인공의 성장을 보다 극적으로 연출하기 위해 등장하는 악역이 여왕벌, 레지나였다.

학교의 중심에 레지나가 있다. 그녀는 오만하고 자기중심적임에도 거부할 수 없는 매력을 가졌는데, 사람의 마음을 움직이고 통제하는 일에도 주저함이 없다. 각종 간계

---

2) 퀸카로 살아남는 법

2004년 개봉. 미국의 한 고등학교를 배경으로 10대 '여자' 청소년의 생존 방식을 그린 코미디 영화이다. 당시 상당히 많은 사람의 공감을 얻었으나 요즘도 그럴지는 잘 모르겠다. 애초에 사람이 무리를 짓고 권력 투쟁을 하는 걸 우리는 정치라고 부르지.

에 능하고 자신이 다스리는 세계의 질서 속에 편입된 타인을 가차없이 이용해먹는 비열함도 갖췄다. 레지나는 순진한 케이디를 자신의 들러리로 이용하고, 케이디는 그녀와의 관계에 근본적인 악의가 도사리고 있다는 것을 깨달아간다…….

그러니까 네 말은, 나는 더듬더듬 말했다.

"내가 악역이란 소리야?"

"너는 그게 낡아빠진 피해의식이라 주장하고 싶겠지만."

무심히 덧붙인 도민이 점원을 불러 오뎅탕과 청하 두 병을 새로 주문했다. 그녀는 오늘 네가 살 거지? 물어왔고 나는 그녀의 말을 듣지 못한 척 어떻게 그럴 수가 있지…… 중얼거렸다. 어떻게 날, 그런 구식 서사의 악역으로 소비시킬 수가 있지?

"이모, 청양고추 많이, 맵게 넣어주세요."

도민이 주방에 대고 소리쳤다.

어느 날 늦은 밤 혼자서, 〈부당거래〉라는 영화를 보았다.[3] 주양의 대사에 이끌려 영화관을 찾게 된 거였다. 자기랑 라이벌 관계를 만들려고 하지 말라는 경고라든지, 호의가 계속되면 권리인 줄 안다는 부언이라든지.

영화를 본 사람들은 주양의 대사에 다소의 유머와 조롱을 가미해 농담으로 만들었다. 그의 특권의식을 수많은 철기들이 웃으며 소비한다는 점이 찝찝했다. 주양의 분노에서 진심이 엿보인 터였다. 그의 언행에는 아랫것들이 분수를 모르고 기어오르는 게 이해가 안 된다는 식의, 진심 어린 짜증이 섞여 있었다.

"왔어?"

온은 벽에 등을 기대고 앉아있었다. 텔레비전 화면에서 천천히 시선을 뗀 그녀가 나를 반겼다. 그녀는 내가 신발을 벗는 사이 바닥에 놓아둔 가방을 대신 정리해주었다. 그러고는 무척 상냥한 어조로, 영화에 관해 물었다.

"그 영화, 재밌다고들 하더라."

"음."

"같이 갔으면 좋았을 텐데."

---

3) 부당거래

2010년 개봉. 사회의 각종 위계와 서열로부터 가장 자유로워야할 집단인 검경이 실은 어디보다 꽉 짜인 틀 안에서 작동한다는 걸 보여줬다. 이 영화에 등장하는 모든 인물은 하나의 믿음을 공유하고 있다. 인간이 크고 작은 권력을 타고난다는 것. 그러니까 영화가 잘 만들어져서 예술인 게 아니라 영화가 예술이니까 예술이라는 식의 믿음.

그건 늦은 밤 귀가한 남편에게 보이는 아내의 태도와 닮아있었다. 일종의 수동적인 자기주장처럼 보였다. 자신이 소외당했다는 사실을, 그러니까 내게 소외감을 느꼈다는 사실을 암시하고 싶은 듯했다. 동의하기 무척 어려운 발상이었다.

세 달째 나는 나의 몫으로 주어진 것을 언니와 나누어 쓰고 있었다. 온에게 동거를 제안하게 된 건 엉겁결의 일이었다. 언니는 여러모로 힘든 상황에 처해있었다. 일이야 말할 것도 없거니와 야근을 밥 먹듯 하다가 친한 동료와 사이까지 틀어졌다. 싼 맛에 눌러살던 자취방의 주인은 갑자기 세를 높여 불렀다. 언니에겐 치솟은 세를 감당할 돈도 새집을 알아볼 여력도 없었다.

당연한 얘기지만, 언니와의 동거는 갈수록 끔찍해졌다. 그녀는 함께 덮은 이불 속에 방귀를 북 뀌어버리고 배시시 웃곤 했다. 화장실 문을 닫아도 용변 보는 소리는 밖에까지 들린단 사실을 새롭게 깨달았다. 그녀는 내가 잠들어야 할 때 말을 걸었고 깨어있어야 할 때 코를 골며 잠들었다. 젖어있는 수건, 뚜껑이 열린 채 방치된 화장품, 형편없이 늘어난 바지, 빠르게 줄어드는 생필품, 매번의 끼니를 어떻게 해결할지 물어야 하는 일 따위가 내 정신을 이렇게까지 구석으로 몰고 갈 줄은 꿈에도 몰랐다. 구식 컴퓨터 같은 나의 정신에는 생각을 멈추고 쉴 수 있는 시간이 필요했다.

그래서 팔자에도 없는 영화 구경까지 다녀오게 된 거였다.

"어머니한테 전화 왔었어."

애매하게 머뭇거리던 온이 말했다. 이건 또 무슨 드라마인가. 절로 인상이 찌푸려졌다. 내가 왜 언니하고 엄마 얘기를 해야 해?

"엄마가 언니한테 전화를 했다고?"

"안부 물으시더라. 네가 연락이 없다고. 걱정하고 계셔."

언니는 나지막이 말했다. 그게 마음에 들지 않았다.

"엄마가 왜 언니한테 전화를 해?"

"내가 매주 연락을 드렸거든. 내가 너라면 좀 더……"

"언니, 언니는 내가 아니야. 알겠지만."

나는 두 손을 휘저어 그녀의 말을 끊었다.

"언니는 내 친구고 엄마는 내 엄마야."

당연한 얘기지만, 온이 나일 순 없었다. 물론, 너는 모를 수밖에. 나와 내 가족의 역사에 대해서. 엄마와 나는 내가 태어난 이래 가장 많은 끼니를 함께했고 그만큼 오랜 사랑과 미움과 저주를 품고 있었다.

"그냥 잘할 수도 있잖아. 하다못해 연락이라도."

"진짜 부모 자식은 원래 이래."

"어머니는 나한테 네 소식만 물어보셔."

"지금 나랑 대화하고 있는 거 맞지?"

언니가 꺼내놓은 말은 충분히 기분을 망쳐놓을 만한 것이었지만, 나는 그냥 너털웃음을 터뜨렸다. 당장은 잠이라도 청해보는 것밖엔 도리가 없었다. 언니와 나는 한동안 아무 말도 나누지 않았다. 그녀를 등지고 돌아누우면서, 나도 모르게 앓는 소릴 냈다.

온과의 사이에 문제가 있음을 인정해야만 했다. 때때로 그녀는 나와 이상한 경쟁을 했다. 내가 무언가에 즐거워하면 그녀는 곧 동참했다. 자전거를 샀을 때도 그랬다. 몇 주가 지나자 그게 자기하고는 좀처럼 어울리질 않는단 걸 깨달은 모양으로 두 발 달린 탈것을 타고 도로에 나가는 짓이 얼마나 위험한 일인지를 피력하기 시작하긴 했지만. 시간이 지날수록 어떤 뉘앙스, 느낌 같은 것이 나에게…….

무심한 애인인 척하는 데도 한계가 있었다. 속내를 감춘 겸양이었던 셈인데, 어느새 거기에 난감함과 짜증이 섞였다. 나는 비로소 주양의 심리를 이해하게 되었다. 철기들의 뿌리깊은 자기혐오에 대해서도. 내가 내 엄마의 딸이듯 주양은 스스로를 권력의 아들이라 생각하고 있으므로.

어느새 나는 온에게 내가 나임을 주장하고 있었다. 그녀가 나를 따라잡으려고 들수록 나는 더욱더 빠르게 변덕을 부렸다. 게임기를 샀다. 고양이를 기르기 시작했다. 향수를 샀고 화장품을 바꿨으며 새로운 취미에 열을 올렸고 새로운 음식을 좋아하기 시작했고 그런 식으로, 나는 그녀에게서 도망쳤다. 그러나 그녀는 내가 보는 것을 보았고 내가 읽는 것을 읽었다.

그러다 모든 것에 흥미가 떨어질 무렵이 되면 언니는 사물과 사물의 일부로 존재하는 나를 탓했다. 내가 했기 때문에 자기가 했고 그래서 망했다는 식이었다. 늘 그런 식으로, 언니는 상대와의 사이를 메우기 위해 육박해가는 눈먼 연인처럼 굴었다. 언니는 크고 검은 아가리를 가진 불가사리 같았다. 끊임없이 환상을 먹고 또 게워냈다.

온은 나를 먹고 있었다.

어쩌면 정말로 온은 나를 먹고 싶은지 몰랐다.

내 생각에 언니는 이미 충분했다. 그러나 그걸 깨닫기에 그녀는 너무 단순했다. 그리고 나는 그녀가 무서웠다.

"언니, 그거 알아?"

"뭘?"

화장실에서 나온 언니가 손과 발의 물기를 닦으며 되물었다. 두 사람 분의 자리를 마련하기 위해 나는 약간 움직였고, 그녀가 내 등뒤에 자리를 잡았다. 그녀의 살이 내 몸에 닿았다. 뜻 모를 소름이 끼쳤다.

"인간은 입에서부터 똥구멍까지 꼬챙이로 꿸 수 있단 말이야."

"그래서?"

언니가 물었다.

"몸 안이 바깥이라고."

어떤 소설 속의 테레사는, 남과 자기를 구분 짓고자 겨드랑이에 책을 끼고 거리를 산책했다.[4] 온은 테레사가 토마스의 집으로 갈 때 입장권으로 챙겼던 바로 그 책들처럼, 내게서 나를 골라냈다. 그러나 그녀가 나를 바라는 한 나는

---

4) 참을 수 없는 존재의 가벼움

식당 여종업원으로 일하는 테레사는 외과의사인 토마스의 집에 갈 때 옆구리에 책 한 권을 끼고 간다. "책은 그녀에게 19세기의 멋쟁이들이 들고 다녔던 우아한 지팡이와도 같았다. 책을 통해 그녀는 남과 자기를 구분지었다."(민음사, p.58)

영원히 그녀보다 부자일 거였다. 날 먹어치우는 데 성공한들 그녀가 흡수하는 것은 그녀 자신이고, 나는 똥밖엔 되지 않을 거라는 게 이 이야기의 가장 핵심적인 불행이지만.

그녀에게는 악의가 없다. 단지 그녀는 행복하고 싶다. 실제의 나는 디키가 아닌데 어느새 언니는 리플리가 되어서, 내 곁에 잠들어 있다.[5] 정말이지 환장할 노릇이었다.

도민은 취기에 무거워진 고개를 천천히 끄덕였다. 그게 도민이 가정한 언니의 이야기보다 나의 이야기가 더 세련됐다는 인정의 표시인지, 아니면 단순히 내 시점에서의 사정에 동의한다는 의미인지 알 수 없었으므로 나는 초조해졌다.

"이제 졸려? 집에 갈까?"

"너 저 프로 보냐?"

도민이 갑자기 내 어깨너머를 가리키며 말했다. 나는 약간 상처를 받았지만 순순히 뒤돌아보았다. 벽면에 걸린 텔

---

5) 리플리

1999년 개봉. 패트리샤 하이스미스의 원작 소설에서 리플리 증후군이라는 명칭이 유래했다. 영화에서 리플리는 고백한다. 자기는 언제나 특별한 가짜가 되는 편이, 아무것도 아닌 진짜로 남는 것보다 낫다고 생각했다고.

레비전에서 서바이벌 예능 프로그램이 방영되고 있었다. 연예인지망생이 떼거리로 나와서 경합을 벌이는 오락물이었다. 부담스러울 정도로 극적인 진행도 그렇거니와, 시청자에게 먹잇감을 제공하듯이 연습생의 실수를 반복해 내보내는 연출방식은 특히 지겨웠다.

"뻔하잖아, 저런 건."

"그게 불량식품의 참맛이지."

내게서 별다른 반응이 없자 그녀는 가볍게 혀를 찼다.

"눈빛 좀 봐. 저렇게 예쁘고 재주 많은 애들도 자기를 미워한다니깐."

"서로 미워하는 게 아니라?"

"이유 없이 밉겠냐? 지들도 눈이 있을 텐데."

넌 그걸 알아야 해, 말하는 도민의 어투는 다분히 훈계조였으나 싫지 않았다. 그럼에도 별달리 대답할 말을 찾지 못해 침묵을 지켰다. 그러는 사이 도민은 두어 잔쯤을 연거푸 자작했다. 만류해도 들어먹질 않더니, 아니나 다를까 팩 찌그러진 얼굴로 오뎅탕 국물을 들이켰다.

"언니가 그런 건 잊어버려. 네가 맘마, 빠빠, 어디서 배웠겠어? 다 그러면서 크는 거지."

"다 컸는데 뭘 더 커? 그게 자라서 된 게 난데!"

여태껏 항변하면 잠자코 듣기만 하던 그녀가 이번엔, 언니는 아직 크는 중인가 보지! 하고 성질을 냈다. 너는 그런 적 없냐, TV 나오는 연예인 무작정 쫓아다니고 따라 하고 그런 적 없냐, 묻는데 말문이 턱 막혔다. 그런 시절이 있기는 했다. 갓 대 핫의 공방에 열을 올리고 중도에 속하는 애들을 얼마나 더 포섭하느냐를 가지고 서로의 위세를 가늠하던 시기가.

나는 이제 문 앞에 서 있다. 문 안쪽으로부터 책걸상이 부딪혀 내는 소음과 누구인지 모르는 또래들의 고함과 웃음소리. 급기야 누군가 조용히 하라고 새된 소리를 질렀다. 이름 적을 거야! 의자 끄는 소리가 난 것을 마지막으로, 교실 안이 조용했다. 미닫이문은 바닥을 긁으면서 열렸다. 전학생이다, 앞머리를 노랗게 물들인 여자애 하나가 소리쳤다.

수업이 시작하기까지는 30분 정도 남아있었다. 담임은 마음에 드는 자리에 앉으라는 말을 남기고 돌아갔다. 빈자리를 찾아 두리번거리려니까, 키가 아주 크고 테가 없는 안경을 낀 여자애 하나가 가까이 다가왔다. 나를 자기 자리로 데려가 앉혀 놓은 그 애는 네댓 명의 여자애들과 내가 앉을 자리를 놓고 의논을 했다. 무리에는 노란 머리의 여자애도 끼어있었다. 그러면 내가 너하고 멀어지잖아! 그 애는 느닷없이 앵돌아졌다.

저기, 하고 등뒤에서 누군가 나를 불렀다. 고개를 돌려보니 얼굴이 희고 둥근 여자애가 나를 내려다보고 있었다. 물끄러미 그 애의 눈만 보았다. 짝다리를 짚고 팔짱을 낀 품새가 무슨 대단한 말이라도 할 태세였다.

"재넨 지오디 파야. 우리랑 놀려면 에쵸티를 좋아해야 하는데."

살면서 그렇게까지 진지한 발음의 에쵸티는 처음이었다. 그제야 얼굴이 둥근 애의 등뒤로, 교실 창가를 등진 채 짝다리를 짚고 팔짱을 낀 몇 명의 여자애들이 더 있음을 깨달았다. 그 반이 에쵸티와 지오디 그리고 젝스키스의 팬들로 천하삼분지계를 이루고 있다는 사실은 나중에서야 알게 되었지만 어쨌거나.

"거봐. 그게 커서 된 게 너지."

도민이 말했다.

애써 그럴싸한 악역들로 포장해놓은 이야기가 아이돌이 나오는 프로그램으로 격하되었다는 데 분심이 일었지만,

그냥 순순히 털어놓았다. 나도 그런 적이 있다고. 내가 바라는 것이 내가 누구인지를, 내가 어디에 속할 것인지를 결정하던 때가 있었다고.

"다 지난 얘기처럼 말하지 마. 커도 똑같으니깐 걱정 마."

도민은 웃었다. 위로라기에는 쓸데없이 냉정한 말이었으나 그녀의 웃음만큼은 갓갓갓,과 핫핫핫,을 합쳐놓은 소리처럼 들려서 마음을 끌었다. 그녀가 또 한 번 내 등뒤를 가리켰다.

"내 친구가 저기 나오는 여자앨 좋아해. 지가 짝사랑하는 여자애랑 닮아서, 저기, 저기, 쟤가 그 여자애 상위호환이거든. 내 기억엔 분명히 그런데, 쟤를 여신처럼 섬기다 보니깐 걜 좋아하는 건지 원래 이상형이 쟤처럼 생긴 애인 건지 헷갈린단 거야."

"그래도, 아이돌 따라다니기엔 우리가 너무 컸잖아."

"뭐 차라리 나이트를 가라 할까? 친구한테? 언니한테?"

나는 잠깐 도민의 눈치를 보다가 말했다.

"어, 음…… 감성주점?"

도민의 반응은 여전히 시큰둥했다. 나는 다급해졌다.

"거기선 여자가 안 끌려가고, 자유롭게 다닐 수도 있고."

"그래, 주체적인 신여성이라서 좋겠다."

그녀는 수긍하지 않고 비꼬기까지 했다. 에쵸티를 좋아하지 않으면 친구가 될 수 없다던 동급생들의 마음이 이제야 이해가 갔다. 하지만 도민은 그런 협박에 휘둘릴 인간이 아니었다.

"썩을 것들, 투표를 저래 하면 좀 좋나."

뜬금없이 옆자리 아저씨가 텔레비전을 향해 삿대질했다. 도민의 인상이 순식간에 사나워졌다. 그녀의 불같은 성미가 우려스러웠다. 싹수는 노랬어도 우리 두 사람은 아가씨였으며 언성을 높인 아저씨는 덩치가 좋았다. 만취 상태의 아가씨가 만취 상태의 아저씨하고 말싸움이 붙는 건 하루를 최악으로 마무리하기에 안성맞춤인 시나리오였다.

다행히 그 아저씨의 일행이, 동년배처럼 보이니까 아마도 친구일 듯싶은데, 목소리 좀 낮추라 언질을 주었다. 그러고는 방송에 관해 몇 마딜 더 했다.

"내도 저거 챙기보는데, 제주에서 온 아 하나 있거든. 샐샐 웃는 게 하이고…… 이뻐가 투위터? 그기서 마 열 번씩 투표한다 안 하나."

도민의 표정은 금세 부드러워졌다. 나하고 도민은 안 듣는 척 딴청을 부리면서 그의 말에 귀를 기울였다.

"딴 아들은 젊어가 하루 열 번도 하고 스무 번도 하고, 백 번 하고 그칸다데. 그라모 우리 아는 연예인인지 아이돌인지 그거 몬하니까, 니 알계라고 아나? 인터넷은 아예 쓸 주도 몰라가 뉴스에서 알계 어쩌고 씨부리는 거를 뭔가 했지. 신기하지 않나. 열 개씩 만들어가. 즈이들도 투표로는 똑같다."

덩치 좋은 아저씨의 안색이 굳어졌다. 어깃장을 놓기가 애매한 모양이었는지 소주를 한잔 들이켜고는 무심히 크, 했다. 나와 도민은 서로 눈을 마주치고 흐 웃었다. 어차피 빠심으로 할 투표라면 대통령보다야 연예인을 만드는 쪽이 건전한 일일지 몰랐다.

"죄 되고 싶어가 울고불고하는데 함 하게 해주야지."

하이고, 하며, 덩치 좋은 아저씨가 통박을 놓았다.

"니가 저 아랑 함 하고 싶은 게 아이고?"

앞자리 아저씨와 도민은 썩은 것을 씹다 뱉은 표정을 지었다.

해장 음식으로 족발을 먹는 것도 썩 나쁘지 않은 것 같다고, 점심과 저녁에 걸쳐 긴 식사를 끝낸 도민이 평했다. 그녀가 쪼그린 자세 그대로 바닥에 누웠다. 집에 가야 하는데…… 하는 게 한숨처럼 들렸다.

"안 씻어? 씻고 가야지."

속셈이 드러날 만큼 채근하진 않으려고 노력했으나, 여전히 난 도민의 파우치를 포기하지 못하고 있었다. 그녀가 잠깐만 자리를 비워주면 될 일이었다. 무슨 제품을 쓰고 있느냐고 물어볼 수 있다면 좋을 텐데 그건, 뭐라고 할까, 우리의 오랜 역사에 흠집을 내는 일인 듯싶었다. 섀도 하나로 너의 뭐가 달라지리라 믿는 거냐 비웃을 그녀를 짐작하면 더욱 그랬다. 뭐라고 반박할 수 있을까. 내가 생각하는 나와 꼭 어울리는 인상이 그 섀도 안에 숨겨져 있다고?

"언니는 왜 갑자기 우리를 떠나버렸을까?"

"너겠지. 우리가 아니라."

"어쨌든, 왜 그랬을까?"

언니는 내게 휘둘리는 일에 진력이 났다고 했다. 상대를 무작정 따라 하는 자신이 이상하지 않으냐 했다. 그건 정말 이상한 논리였다. 남을 따라 하는 게 저인데 왜 내게 그 책임을 묻는다는 말인가. 어째서 그게 내가 언니를 휘두른 게 된다는 말인가.

김유신에게 목이 잘린 말의 심정이 이랬을까 하면, 그는 적어도 천관의 목을 베진 않았으니까. 애당초 나를, 지질한 시간을 연명하면서 살아있기도 하거니와 날마다 변덕스레 변하기도 하는 목숨붙이인 나를, 멋대로 자기의 표본으로 삼은 건 그녀였다.

“그게 이상해?”

갑자기 도민이 물었다. 그녀는 연이어 말했다.

“사랑하는 오빠를 호빠에서 만났다고 생각해봐.”

“언니하고 호빠 간 적 없어.”

도민이 아, 그러셨느냐고, 지청구를 했다. 그녀가 과장되게 놀라는 표정을 짓기에 그게 한심한 대답이었음을 빠르게 인정했다. 어깨를 으쓱하자 그녀가 툭 내뱉듯 말했다.

“언니는, 적어도 너에 대해서는 알게 된 거야. 네가 자기랑 똑같이 사람이라는 거.”

“사람들은 다 똑같다면서.”

“인류 단위로 오래된 유행이지.”

“그래도 나는 이제 안 그래. 나는 다 컸으니까.”

나는 온이 아니었다. 언니같이 되려고 한 적도 없고 언니처럼 할 수 없다고 해서 그녀에게 원한을 품은 일도 없다. 도민은 내 눈만 들여다보다가 머리를 긁적였다.

"로라 메르시에야. 프레스코랑 트러플 섞어서 썼어."

도민이 화제를 크게 건너뛰는 바람에, 그보다는 당혹감 탓에 나는 속을 감추지도 벌어진 입을 다물지도 못했다. 그녀가 재차 물었다.

"계속 궁금해하던 거 아녔어?"

불현듯 자리를 털고 일어난 도민이 이제 가야겠다, 했다. 그녀와 나 사이에 아직까지 남은 공통점이 있다면 돌연한 침묵을 못 견디게 어색해한다는 사실일 거였다. 부려둔 짐을 챙기는 그녀의 모습을 어설픈 눈길로만 좇았다. 그녀가 신발을 신다 말고 잠깐 내 쪽을 건너다봤다.

"사지 마. 장담하는데 너하고 안 어울려."

사려고 궁금해한 거 아냐, 나는 몸속까지 새빨개져서 도민에게 소리쳤다.

그녀는 이번에도 아, 그러셨느냐고 대답하곤 징그럽게 웃었다.

해설

점선의 발견

박혜진
문학평론가

'한 사람의 혁명'은 미국의 평화 운동가 애먼 헤나시가 제창한 개념이다. 기존의 관습이나 제도를 한번에, 그것도 완전히 바꾸는 것을 혁명이라고 한다. 그렇다면 '한 사람의 혁명'이라는 말은 한껏 모순된 말 같다. 모든 것을 근본적으로 바꾸는 일이 한 사람의 힘으로 가능하리라는 것을 상상할 수도 없거니와 정말 그런 것이 있다면 그때 그 한 사람은 막대한 권력을 지닌 폭군의 모습을 하고 있을 텐데 소수의 폭력에 의한 변화를 혁명이라 칭할 수는 없기 때문이다. 어떤 이의 진심을 가늠할 수 없을 때는 그가 한 말이 아니라 그가 한 행동을 보라 했다. 애먼 헤나시와 관련해 가장 유명한 이미지는 그가 "전쟁 반대"라고 적힌 손팻말을 들고 홀로 시위하는 모습이다. 사람들은 시위하는 그에게 질문했다. "그렇게 해서 세상을 바꿀 수 있다고 믿습니까?" 가르침을 주고 싶어 안달 난 사람들의 조롱 섞인 질문을 받을 때마다 헤나시는 이렇게 대답했다. "나는 세상을 바꾸려는 게 아닙니다. 세상이 나를 바꾸는 것을 막으려고 노력하는 것이지요." 누구도 세상 곳곳에서 전쟁이 일어나는 걸 혼자 힘으로 막을 수 없다. 그러나 전쟁이 필요악이라고 생각하지 않는 것, 전쟁에 반대하지 않음으로써 결국 전쟁을 찬성하는 목소리에 힘을 실어주지 않는 것만큼은 혼자서 할 수 있다. 세상을 바꾸는 것만이 혁명은 아니다. 내가 바뀌지 않음으로써 세계가 변질되는 것을 지체시키는 것도 혁명이다. 한 사람의 혁명은 그런 뜻일 테다.

최예지의 소설을 읽고 나서 한동안 애먼 헤나시의 혁명에 대해 생각했다. 「공과 영의 생존법」이나 「이건 아마도」를 읽을 때는 생각의 시간이 더 길었다. 두 소설에는 공통으로 두명의 친구가 등장한다. 한쪽은 순응하거나 외면하는 부류에 속하고 다른 한쪽은 저항하거나 드러내는 부류에 속한다. 저항하고 폭로하는 이들은 흔한 영웅 서사의 주인공들과 달리 불가해하게 파괴되는가 하면 자책감으로 가득한 과거 위에서 결점과 함께 살아간다. 오랫동안 되풀이되었던 영웅 서사가 만들어 놓은 저항하는 인물들과 달리 이들은 불완전하고 미완성된 존재다. 그러나 미완성으로 끝난 결말이나 결점 있는 과거를 지닌 인물이라고 해서 그들의 의지나 선택의 무게가 가벼워지는 것은 아니다. 누구나 기억하는 완전무결한 영웅이 아니라 어떤 사람이 죽어도 잊을 수 없는 조력자의 모습으로 세상의 진로를 방해하는 사람들. 작가는 소설에 영웅을 그려넣지 않았을지도 모르지만 읽는 우리는 소설에서 영웅을 본다. 아마도 우리와 가장 가까이에 있는 옆자리의 영웅들. 부조리한 세상 한가운데에서도 포기하지 않고 버티는 참을성 있는 영웅들. 모두의 영웅이 아니라 어느 누구의 영웅들. 요컨대 눈에 잘 띄지 않는 한 사람의 혁명가들.

『애비로드』는 사건이 아니라 인물, 그중에서도 인물 사이의 관계가 중심인 소설 일곱편으로 구성된 소설집이다.

따라서 일곱개의 소설을 관통하는 하나의 테마를 찾는 것보다 다양한 관계 안에서 저마다의 위기에 처해있는 인물들이 세상으로부터 자신을 보호하기 위해 결단하는 선택과 행동을 중심으로 읽을 때 더 다채롭고 풍성한 독해가 가능하다. 일찌감치 나는 하나의 키워드로 일곱개의 소설을 꿰는 일을 그만두고 일곱개의 소설이 품고 있는 관계의 점선들에 밀착하기로 했다. 넘어야 할지 넘지 말아야 할지, 본 척해야 할지 못 본 척해야 할지, 잘라야 할지 말아야 할지 결정되지 않은 잠재적인 선, 즉 점선을 사이에 두고 있는 여러 관계 앞에 서자 저편에 밀어두었던, 안 보이게 치워버렸던 내 지난날의 관계도 서슴없이 떠올랐다. 지옥을 같이 건넜던 사람, 함께했으나 멀리 있는 사람, 함께할 수 없게 되어버린 사람. 후회하면서도 그리워하는 점선의 관계 속으로 들어가보자.

1. 옆에 있던, 아는 사람

「공과 영의 생존법」은 대학원 연구실에서 벌어지는 위

계에 의한 성추행 문제와 그 상황을 견디는 두 사람의 서로 다른 태도를 보여 주는 소설이다. 연구실에서 막내 조교로 일하는 공은 한때 같이 조교로 일했던 친구 영이 죽었다는 소식을 전해 듣고 장례식을 찾는다. 불합리하고 부조리한 현실을 같이 겪은 그들이 각각 삶과 죽음이라는 너무 먼 자리에서 만나게 되었을 때, 우리는 이 먼 자리가 의미하는 바를 묻지 않을 수 없다. 왜 한 사람은 죽음의 자리에 있고 다른 한 사람은 삶의 자리에 있는 걸까. 그들이 처해 있던 연구실은 대학 연구실이라기보다는 전근대적인 종갓집에 가깝다. '나'는 연구원들을 각각 "바깥양반", "맏며느리", "대갓집 마나님"이라 칭하며 이 조직의 가족적인, 그러니까 폐쇄적이고 관습적이며 비합리적인 구조를 비난하지만 자신을 "종년"에 비유하며 그 안에 속한 자신마저 비하한다. 그중에서도 "교육학적 관점에서 고찰한 평등의 문제" 따위를 연구하는 바깥양반은 "젊은 처녀에 대한 노골적인 호기심"을 자유롭게 시전하고 다니며 조직에서 가장 힘이 없는 영과 공에 대한 성희롱을 일삼고 그들의 노동을 서슴없이 착취한다.

공과 영이 조직 내에서 이루어지는 폭력적인 상황에 대처하는 방식은 대조적이다. 공이 진실을 외면하며 조직 속에 머무르고자 하는 쪽이라면 영은 문제를 드러내고 폭로하는 쪽이다. 두 사람은 폐쇄적이고 권위적이며 위력이 직접적으로 행사되는 이 시스템 안에서 가장 불안정하고 취약한 자리에 있다. 영이 공을 좋아하는 자신의 마음을 고백했을 때, 고백에 대한 공의 대답은 그들이 처해있는 현실의 가혹함을 보여 준다. "내가 여자라서?" "네가 힘이 없어서. 그러니깐 우리 둘 다 남자가 아니라는 게 문제의 핵심이지." 진눈깨비는 바닥까지 도착할 수 없다. 바닥에 떨어지기도 전에 공중에서 사라진다. 결코 눈덩이가 될 수 없는 진눈깨비처럼 너무 약한 힘은 결합할 수조차 없는 것이다. "밥줄"이 달린 "생존의 문제" 앞에서 자신의 피해를 외면한 공이 경험한 부당한 일들을 학교에 알렸던 영의 행동은 어떤 결과로 이어져야 했을까. 그의 죽음과 함께 모든 것은 뒤덮였고 죽은 자는 말이 없다. 영의 죽음은 우리에게 묻는다. 우리는 다른 결말을 상상할 수 있을까? 우리에게 다른 결말을 상상할 수 있는 현실이 있는 걸까? 죽음이 바깥양반의 행위에 면죄부가 되도록 내버려두어서는 안 된다는 생각만이 허공에 맴돈다.

「공과 영의 생존법」이 대학원을 배경으로 한 이야기라면 그보다 어린 나이의 주인공들이 겪어내는 이야기가 「이건 아마도」다. 고등학교 3학년 때 허용되는 길이보다 머리카락이 길다는 이유로 교사에게 폭력적 수준의 처벌을 받은 유민은 20대가 되어 다단계 판매사원으로 일하고 있다. 그녀와 같은 고등학교에 다녔던 선희는 유민의 머리카락이 선생님에 의해 난도질당하고 있을 때 그 모습을 지켜볼 수밖에 없었던 스스로에 대한 자책감을 느끼는 인물로, 현재 대학교에 다니며 여성운동에 참여하고 있다. 한창 페미니즘 시위가 벌어지고 있을 때, 학생들에게 화장품을 판매하러 온 유민과 시위 중인 선희가 만난다. 「공과 영의 생존법」의 두 사람이 장례식장에서 '재회'한다면 「이건 아마도」의 두 사람은 페미니즘 깃발을 들고 행진하는 대열의 한가운데에서 여권을 주장하는 학생과 그들에게 화장품 세트를 판매하고자 하는 판매원의 자리에서 재회한다. 유민이 선 자리가 생존의 자리라면 선희가 선 자리는 정의의 자리다. 공을 바라보는 영과 마찬가지로 선희는 유민을 지켜보는 조력자 역할을 한다. 선희는 최대한 유민을 도우려 하지만 유민의 목적이 일반적인 설문조사가 아니라 학생들에게 다단계 방식으로 화장품을 판매하는 것임을 알고 비난을 삼가지 않는다. 교칙이라는 시스템이 인권을 침해하는 현장을 보고도 이의를 제기하지 못했던 선희는 다단계라는 시스템이 노동을 착취하고 침해하는 논리 앞에서는 가만히 있지 않는다. 선희의 발언이 유민에게 어떤 영향을 미칠 것인지는 알 수 없다. 그러나 선희의 존재는 유민으로 하여금 자신이 속한 세계의 불합리와 부조리를 자각하게 한다. 영과 더불어 선희 역시 자신이 변하지 않음으로써 주변을 변화시키는 한 사람의 혁명가를 닮았다.

2. 이젠 없는 사람

앞선 두 작품이 훼손되지 않기 위해 분투하는 인간을 조명한다면 「애비로드」와 「드라이브, 드라이브」는 잃어버린 것을 찾거나 상처를 회복하기 위해 왔던 길을 되돌아가는 이야기다. 「애비로드」는 아버지가 걸어온 길을 되짚어 보고 「드라이브, 드라이브」는 잃어버린 자전거를 찾기 위해 길 위에서 헤맨다. 전자가 비유적 의미에서의 길이라면 후자는 실제적 의미에서의 길이다. 어쩌면 두 소설의 재료는 길이라고도 할 수 있겠다. 길에 대해 우리가 갖고 있는 의미들을 손에 쥐고 두 소설을 읽어봐도 좋겠다. 이를테면 걸어왔던 길을 되돌아간다고 해서 오는 길에 봤던 것을 다시 볼 수 있는 것은 아니라거나 도착할 곳이 없을 때 걷는 길이야말로 길을 가장 생생하게 경험할 방법이라거나. 두 편의 소설은 길이 예기치 못한 방향으로 뻗어나가는 것처럼 예상할 수 없는 방식으로 진행된다.

「애비로드」는 미혼부와 사생아라는 이름 뒤에 감춰진 아버지와 딸의 이야기로, 엄마에 대한 궁금증과 아버지와의 관계에 대한 확신을 찾고자 하는 딸이 구성하는 아버지의 인생이다. 딸은 아버지의 인생 어느 시점에서 자신이 비롯되었는지 알기 위해 아버지의 연대기를 재구성한다. 전면에 드러나는 것은 아버지의 진로 변경 과정인데, '나'는 때마다의 아버지를 냄새로 상상한다. 할아버지의 제안으로 법관의 길을 모색할 때 아버지는 다락방 책 냄새로 묘사

된다. 법관의 길을 접고 미대 지망생이 되었을 때 아버지는 물감 냄새로 기억된다. 그러다 딸이 생겼다는 사실을 알게 된 할아버지가 교습소를 차려주면서 미술학원 선생님으로 변신한 아버지는 이후 공무원 시험을 친다. 더이상 그림을 그리지 않는 아버지에게서는 책 냄새도 물감 냄새도 안 나고 똥 냄새가 난다. 아버지의 경로 중 어느 곳쯤에 자신이 있는지 궁금해하던 '나'는 그림을 그리다 말고 공무원 시험을 치게 되는 그사이의 어느 날 봤던 아버지의 뒷모습을 기억한다. 아마도 그 처연해 보였던 뒷모습에 자신이 찾던 질문에 대한 대답이 있는 것인지도 모른다고. 그러나 소설은 아버지에 대한 '나'의 감정을 표출하는 대신 '아그리파'에 대한 '나'의 사랑을 드러낸다. 석고 데생 삼총사 중 내가 가장 좋아하는 아그리파는 슬픈 표정으로 입술을 꾹 다물고 있다. '나'의 눈에 비친 아버지의 모습처럼. 아버지에 대한 자화상인 것처럼.

「드라이브, 드라이브」는 잃어버린 자전거를 찾아나서는 자매의 이야기다. 잃어버린 자전거를 대체할 수 있는 것은 훔친 자전거밖에 없다는 동생의 막무가내로 헤어진 연인의 자전거를 훔치기 위해 연인의 집 앞으로 간다. 동생은 왜 자전거를 훔치자고 하는 걸까. "분하잖아. 우리 건데 없어졌으니까." 동생의 말에 어이없어하면서도 전 남자친구의 집 앞으로 가는 내 마음 또한 다르지 않으리라. 그러니까 이별을 통보받은 사람에게는 사랑에 대해서도 똑같이 말할 수 있는 것이다. 분하잖아. 우리 건데 없어졌으니까. 함께 만들어 간다고 생각했던 사랑의 감정에 시효가 다 되었다고 판단될 때, 그 판단이 두 사람 모두의 것이 아니라 한 사람의 일방적인 선언에서 비롯되었을 때, 그리하여 우리의 사랑이 나만의 사랑으로 변해있을 때, 그 상실의 감정이 잃어버린 자전거를 찾다 말고 헤어진 남자친구의 자전거를 훔치는 상황으로 그려진다. 타인에게 상실을 선물한다고 해서 자신의 상실을 보상받을 수 없다는 것쯤은 잘 알고 있지만 마음은 연산법칙이 작용하는 영역이 아니다. 아그리파와 아버지, 잃어버린 자전거와 헤어진 연인. 연원을 찾고 사라진 마음을 찾는 일은 요원하지만 이 과정은 결코 헛되지 않다. 애초에 찾으려 했던 것이 연원이나 사라진 마음 따위가 아니라 대상을 향한 자신의 마음일 테니 말이다.

3. 함께할 수 없는 사람

닮아서 사랑에 빠진다고들 하지만 그 닮음이 빚어내는 동기화는 오히려 함께할 수 없는 요인이 되기도 한다. 많은 관계 가운데에는 결코 함께할 수 없는 관계도 있다. 「넌 항상 바깥에 있고」와 「딸과 여신과 아이돌의 역사」는 공존할 수 없는 관계에 조명을 비춘다. 「당신을 위한 스물한번」에서 임신중절을 한 '나'와 회사생활에 어려움을 겪고 있는 M은 회사 동기다. 회사에 다닐 때는 친하지 못하다가 '나'의 퇴직 이후에 서로의 집을 편하게 오갈 수 있는 사이가 된다. 사내 경쟁에 지칠 대로 지친 M은 둘이 함께 회사생활을 할 때 '나'보다 따뜻한 색깔의 스커트를 입으면서까지 경쟁했고 '나'는 수술 후 마취가 깨는 동안 한 말이 "빨리 일하고 싶어요."다. 이들이 직장 동료일 때 함께할 수 없었던 이유야 뻔하다. 누구도 경쟁자와 진짜 친구가 될 수는 없을 테니까. 경쟁이 유해한 건 무엇보다 관계의 땅을 앗아버린다는 것이다. 메마른 관계의 땅에서는 아무것도 자라지 않을 것이다.

「넌 항상 바깥에 있고」에서 '나'는 문신해주는 일을 업으로 한다. 레미는 나의 고객으로, 나의 작업실에 찾아와 제집처럼 행동하는 데 스스럼이 없다. "장대비 같은" 레미가 오는 날이면 '나'는 정신이 없다. 그 애 특유의 존재감 때문이다. 그에게는 가만히 있어도 주의를 끄는 능력이 있는 것 같다. '나'에게 레미는 언제고 반드시 그에게 휩쓸리고 말 거라고 예감하게 만드는 사람. 가만히만 있으면 "신사적인 개" 같다고 느끼게 하는 사람. 그냥 개라기엔 너무 비참하고, 또 그냥 신사적이라고 하기엔 인류의 신사들이 비참해지는 사람, 한마디로 좋아지려 하는 사람이겠다. 대학을 나온 '나'와 달리 대학에 들어가는 대신 록밴드를 결성해 베이시스트로 활동을 시작한 레미는 연습이 없는 날이면 주점에서 돈을 벌었다. '나'와 레미의 관계가 궁금해지려는 찰나, 레미와 과거 함께 놀았던 누나의 이야기가 등장한다. 두 사람이 같이 어울리는 걸 알고 누나의 엄마가 다 쓴 생리대와 토막 난 인형을 봉지에 담아서 주었다는 사연과 함께. 누나와의 이야기는 지금 레미와 '나'의 관계와 오버랩된다. 둘은 각자의 사연으로 인해 서로에게 다가가

지 못한다. 레미가 어린 시절의 누나와 함께하지 못했던 기억에서 자유롭지 않은 것과 마찬가지로 나도 신사와 개 사이에서 무게 중심을 옮기지 못한 채 레미에 대한 감정을 해석하지 못한다. 자신에 대한 확신이 없으므로 상대방과의 관계에도 확신을 가지지 못한다.

급기야는 자신을 타인과 동일시하는 경우도 있다. 「딸과 여신과 아이돌의 역사」는 동거하는 두 여성이 끝내 파국에 이르는 과정을 보여준다. '나'는 유행에 기대 자신을 표현하려는 방식에 극도의 거부감을 지닌 사람이다. "특정 패턴과 색상의 복색이 유행하면 우리는 그것을 입거나 입지 않았다. 옷장에 처박아 버리거나 쓰레기통에 넣었고 가끔은 의도적이라고 말해야 좋을 수준으로 열렬히 입었다. 중요한 것은 입거나 입지 않는 것이 아니라 패션으로 자기의 무엇을 주장해 보겠다는 깜찍한 발상 자체를 비웃는 것이었으므로." 자신의 기본값을 타인의 기준에 맞추어 설정하는 사람에 대한 거부라고 해도 좋을 것이다. 반면 언니는 북유럽 스타일의 옷을 입으면 북유럽 사람처럼 보일 수 있다고 믿는 편이다. 언니와 동거를 하면서 둘은 예정된 파국의 길을 간다. 결정적인 계기는 언니가 '나'와의 경계선을 마음대로 넘어온다는 데에 있다. 언니는 '나'의 곁을 떠나며 질문을 남긴다. 상대를 무작정 따라하는 자신이 이상하지 않으냐고. 함께하면서 닮아가는 것이 함께하지 못하는 이유가 된다는 건 역설적이다. 거리에 대한 두려움이 필요한 거리마저 없애려 들 때 두 사람 사이는 교착 상태에 이른다. 거리에 대한 두려움은 자기 확신이 부재한 사람의 미래이기도 하다.

『애비로드』에서 우리가 만났던 인간들을 하나씩 곱씹어본다. 예술가가 되고 싶었으나 공무원이 된 아버지에게서 우울하고 슬픈 표정을 짓고 있는 석고상 아그리파를 바라보는 딸, 부당한 세계에 자기만의 방식으로 부딪히다 몸이 부서지거나 마음이 부서진 공과 영, 다단계 영업사원과 여성운동 하는 대학생으로 만난 유민과 선희, 동생이 잃어버린 자전거를 찾다가 헤어진 남자친구의 집까지 오게 된 언니, 상대방에게서 느끼고 있는 감정이 무엇인지 알지 못하는 남녀…… 인간과 인간 사이의 거리를 잴 수 있는 자(尺)는 이 세상에 존재하지 않는다. 옆에 있다고 해서 친밀한 것이 아니고 멀리 있다고 소원한 것은 아니다. 관계란 한 사람과 다른 한 사람 사이에 형성되는 고유한 거리로, 그것은 둘 사이에 존재하는 경험과 함께 정해지는 특수하고 가변적인 상태다. 최예지 작가는 이 무형의 상태에 일시정지 버튼을 누르고 거리의 진실을 탐색한다. 알려진 것처럼 '애비로드'는 비틀스 앨범 사진에 나오는 횡단보도가 놓인 길 이름이기도 하다. 시작과 끝 사이에서 한창 길을 건너고 있는 멤버들, 그 사이사이의 거리에 깃든 이야기를 다 듣고 난 듯한 기분이다. 삶의 자리와 죽음의 자리, 다단계 판매 영업사원의 자리와 시위대의 자리, 그리고 또 많은 서로 다른 자리들. 그 자리에서 당신은 자신의 가치를 지키는 혁명가일까, 타협하면서 자기마저 소외시키는 사람일까. 일곱 편의 소설이 난해하고 근원적인 질문 앞으로 우리를 데려다 놓는다.

작가의 말

최예지

어린 시절에, 물론 지금도 충분히 어른이 된 건 아니지만 아무튼 어린 시절에 나는 싫어하는 게 많고 미워하는 게 많았다. 사람들은 하나같이 이상했고 그들이 사는 세상에는 이해할 수 없는 일이 너무 자주 일어났다.

도대체 뭘 하며 살아가야 좋을지도 알 수 없었다. 만들거나 팔거나, 누군가 제작했거나 팔아버렸거나 혹은 사들인 이것저것을 여기저기로 옮기거나 하면서 모두가 분주했고 나는 가능하다면 다음 생에는 전봇대나 길가의 돌멩이 같은 것으로 다시 태어났으면 했다.

당연히 지금은 그런 생각 안 한다. 인생은 두번 살만한 건 못 되는 것 같다.

하여간 갈수록 인생은 고달파졌다. 왜냐하면 이 세상에

서 나만 없는 사람인 것처럼 쏙 빠져버릴 수는 없다는 걸 알게 되었기 때문이다. 여기가 이상하고 여기 사는 사람이 다 이상하면 나 역시 이상한 사람이라는 당연한 사실을, 인정하기가 진짜로 힘들었다.

그걸 못해서 오랫동안 많은 걸 싫어하고 미워했다. 내가 나로 사는 게 분하고 불안해서. 나는 좀 안 이상한 사람으로 취급받았으면 해서. 담백하게 생각하는 법을 알았다면 좋았을 것이다. 결국에는 다 선택의 문제라는 걸 빨리 배웠더라면. 내키는 대로 고르고 있는 힘껏 책임지면, 사는 게 그뿐이라는 걸 알기까지 많은 시간이 필요했다.

그보다 더 어린 시절에, 나는 이야기가 끝나는 걸 싫어했다. 이야기책이라는 건 정말이지 뻔뻔하고 파렴치한 친구 아닌가. 여기에 재밌는 게 있다고, 자기하고 가자고 사람을 잔뜩 유혹해놓고서 한번도 끝까지 책임진 적이 없었다. 날 사로잡고 휘둘러서 아무데로나 끌고 다녔으면서 결말 무렵이면 언제나, 저가 언제 그렇게 애걸복걸했느냔 듯이 시치미를 떼고 문을 쾅 닫아버리는 거였다.

면전에서. 나를 거기에 살게 해놓고서.

그래서 그냥 내가 쓰자고 생각했다. 쓰는 것을 멈추지 않으면 이야기는 끝나지 않으니까. 그런데 사람이란 게 참 간사하지. 나는 아주 가끔만 작가이고 대개는 독자로 사는데도, 쓰는 사람의 입장을 겪어보고 나니까…… 열과 성을 다해서 배신하고 싶다. 내가 쓴 이야기를 읽다가 누군가 섭섭하면 좋겠다. 이야기가 끝났을 때 쫓겨난 기분이었으면 좋겠다.

엄청나게 많이 어렸을 적에, 엄마는 내게 미하엘 엔데의 『끝없는 이야기』를 선물했다. 엄마는 여러 의미에서 지금 여기에 나를 있게 한 사람이다.

싫어하는 게 많고 미워하는 게 많아서 사랑하는 것에 대해서만 쓰려고 했다. 어느 날에 사랑했거나 혹은 마음 깊이 이해하고 싶었던 것을 가지고 이야기를 만들었다. 이것들을 쓰는 동안에 무슨 일이 있었는지 차근차근 더듬어보니까, 앞날보다 까마득하다. 이번 생에 겪은 일이 아닌 것처럼 이제는 다 먼일이고 남의 일이고 오직 얼굴들만 선명한데. 그러니까 난, 원래부터 세상은 혼자 사는 거라고 건방을 떨던 때도 항상 사람과 함께였다.

내게는 많은 선생님이 있다. 그냥 내가 선생님, 선생님 하면서 따라다니는 분도 있고 진짜로 학교에서 만난 선생님도 있다. 아무튼 나한테는 다 선생님이다. 그분들은 여러 가지 방식으로 나를 가르쳤다. 딱히 의도한 것 같지 않은 순간에도 뭔가를, 자꾸만 알려줬고 베풀어줬다. 그래서 나는 염치도 없이 그걸 다 받고, 그분들의 등을 보면서 컸다. 선생님을 생각하면 마음이 한참 든든하다.

또 나한테는 친구들이 있다. 내 친구는 나처럼 뻔뻔해서, 내가 세상한테 지고 온 날에는 남 탓을 하고 세상 탓을 하는 수백가지 방법을 알려준다. 나는 그러면, 친구가 진짜로 모든 게 세상 탓이고 나한테는 잘못이 한개도 없다고 생각해서 그러는 게 아니란 걸 알면서도…… 속절없이 속아버린다. 우리는 짜고 치는 거로는 다 공범 사이니까. 그래서 친구가 세상한테 몇대 얻어맞고 좀 구겨진 날에는 나도 그게 다 세상 잘못이고 너한테는 잘못이 하나도! 없다고 말한다.

며칠 전에 어떤 학생과 실랑이를 벌였다. 학생이 실습지에 이름을 적었는데 도대체 내 눈으로는 그게 지렁이가 기어간 흔적인지 제 이름을 쓴 건지 알 수가 없었다. 그래서 내가 또박또박 걔 이름을 다시 적어줬는데, 그 애가 내 글씨를 보고는 자기 것보다 훨씬 알아보기 힘들다고 우기는 거였다. 하도 어이가 없어서 옆자리에 앉아있던 학생한테 네가 보기에도 그러냐고 의견을 물었다.

지렁이 글씨를 쓰는 학생은 남자고 옆자리에 앉았던 학생은 여자였는데, 옆자리 학생이 고맙게도 내 편을 들어줬다. 내가 의기양양해서 그거 보라고 내 말이 맞지 않냐고야, 내가 소설가인데 아무렴 어쩌고저쩌고 따졌으나 지렁이 글씨를 쓰는 학생은 망설임 없이 항변했다. 원래 여자가 남자 편들기 쉽지 않다는 거다. 요즘 세상에 여자가 같은 여자 편을 들지 남자 편을 들어주냐고.

잠깐 말문이 막혔다가, 오래 웃었다. 말도 안 되는 말인데 맞는 말을 한 것 같아서였다. 웬일인지 요즘 세상에서는 여자가 여자 편을 드는 게 당연해졌다. 그렇다고 그 애의 글씨가 내 글씨보다 낫다는 건 아니고. 그건 진짜 말도 안되고.

나는 여자의 적이 여자라서, 여자끼리는 우정이고 뭐고 친애의 감정 같은 게 피어날 여지가 전혀 없다는 말이 공공연하던 시절에 고등학교를 졸업했다. 그래서 대학교 졸업반이 될 때까지 그 말이 사실이고 진리라고 믿었던 멍청이였다.

그런데 사실은 어땠는가 하면, 그냥 사람의 적이 사람일 뿐이었다. 사람이 적이 사람인 와중에도 나는 친구를 사귀었고 선생님을 만났다. 그렇게 살다보니까 참 별일이지, 세상에 여자가 여자 편을 드는 게 당연해져서 이제 내 글씨가 지렁이보다 못한 게 될 뻔한 위기에서 나를 구해준 것도 여자다.

작가의 말을 써야 한다는 말을 2주 전에 들었는데, 2주가 지난 지금도 글을 맺지 못했다. 고마운 사람이 많은데 그걸 쓴다는 게…… 뭔가 이상해서. 뭐가 어떻게 이상한지 모르겠지만 하여튼 이상하게 좀 사람을 고르고 선을 긋는 기분이 들어서. 난가? 싶으면 너라는 식으로 대충 뭉개서 쓸까 아니면 영화가 끝나면 나오는 엔드크레딧처럼 사람 이름을 쭉 써넣을까 고민하는 와중에 함께 사는 고양이는 냉장고 위에 올라갔다가 뛰어내리기를 반복하고 함께 사는 사람은 테이블 위에 커피를 쏟았다. 하여튼 정신 사납다.

내가 독자로 사는 동안에 생활비가 떨어지면 귀신같이 일을 물어다 주는 보이지 않는 황새님과 이 세상의 모든 갑님들께 감사하다. 내가 선생님, 선생님 그러면 볼썽사납게 무슨 선생님이냐고 촌스럽게 굴지 말라면서 언니라고 부르라고 말했던 모든 언니선생님에게 감사하다. 이 세상에는 아직 오빠선생님 같은 건 없지. 오직 언니선생님뿐.

그렇지만 아빠선생님은 가능하다. 우리 아빠는 머리가 벗어져도 멋있으니까.

언니라고 불러달라고 말해도 꾸준히 나를 선배님이라고 부르는 동생들. 놀러와서 자고 가라고 애원을 해도 자는 척만 하다가 새벽같이 빠져나가면서 청소까지 해놓고 가는 잔악무도한 것들. 삶이 허락한 이곳저곳에서 최선을 다해 빛나고 있는 친구들에게. 싫은 게 많고 미운 게 많던 내 어린 시절을 기억하고 있어서, 도무지 끝까지 뻔뻔하게 굴 수가 없는 가족에게도. 나는 강사이고 너는 학생인데 항상 나에게 더 많은 것을 가르쳐주는 이들에게도. 가끔 우리 아빠를 닮은 것 같은 동거인과 누구를 닮아서 저렇게 커졌는지 알 수가 없는 고양이, 그리고 어쩌면 이 책의 독자가 되어주셨을 모든 분에게.

온 마음을 담아 친애합니다만 잘 전해질지 모르겠어요.

작가의 말

살구 | 일러스트레이터

책장 한편에 꽂아둔 채 잠시 잊었다가도, 어느 날 무심코 꺼내보면 풋풋하고 아련했던 시절로 돌아갈 수 있게 하는, 그런 그림을 그리자는 마음으로 살고 있습니다.

글보다 시각적이고 직관적인 것이 그림이라, 책의 삽화가 책의 첫인상을 결정하기도 하잖아요. 또 오랜 시간이 흐른 후에도 그 책을 곱씹어 기억할 때 아주 큰 영향을 미치기도 하고요. 그래서 실은 꽤나 무거운 마음으로 이 책의 그림을 시작했습니다.

『애비로드』 삽화 작업을 하면서 단 7편의 단편소설을 읽어본 게 전부이지만 그만 최예지 작가의 팬이 되어버렸습니다. 이토록 솔직하고 담백하면서도 사람에 대한 애정이 뚝뚝 떨어지는 소설이라뇨. 최예지 작가의 무심한 듯 다정한 소설을 그림으로 표현하기 위해 많은 밤을 보냈습니다. 행복한 밤들이었습니다.

오랜 시간이 지난 뒤 어느 날 책장을 정리하다가 이 책을 다시 발견한다면, 그저 보자마자 여러분의 입가에 저절로 미소가 지어졌으면 좋겠습니다. 그리고 축 처진 어깨와 굽은 등을 말없이 토닥토닥 두들겨 주는 손길을 문득 느낄 수 있었으면 좋겠습니다.

수록작품 발표지면

애비로드 ∥ 2016년 매일신문 신춘문예 | 현진건문학상 수상작

공과 영의 생존법 ∥ 《현대문학》 2016년 4월호

드라이브, 드라이브 ∥ 《현대문학》 2017년 3월호

이건 아마도 ∥ 《계간 연인》 2019년 여름호

넌 항상 바깥에 있고 ∥ 《문학에스프리》 2017년 봄호

당신을 위한 스물한번 ∥ 앤솔러지 《나는 그만두기로 했다》 수록

딸과 여신과 아이돌의 역사 ∥ 《한국소설》 2016년 10월호

폴앤니나 소설 시리즈 002
애비로드
ⓒ최예지/살구 2020

초판인쇄 2020년 1월 31일
초판발행 2020년 1월 31일

지은이 최예지
그린이 살구
펴낸이 김서령
책임편집 이진
편집 오윤지
디자인 원혜민
제작 최지환
제작처 영신사

펴낸곳 폴앤니나
출판등록 2018년 3월 14일 제2018-09호
주소 12777 경기 광주시 순암로36번길 87
전화 070-7782-8078
팩스 031-624-8078
대표메일 titatita74@naver.com
홈페이지 www.paulandnina.com
블로그 blog.naver.com/paul_and_nina
페이스북 www.facebook.com/paul2nina
인스타그램 @titatita74

ISBN 979-11-967987-2-7 03810

책값은 뒤표지에 있습니다.